Nicolas Rutschmann

RAF, Challenger und die Liebe

Auf Tuchfühlung mit Geschichte

Stilistisches Lektorat: Katrina Flamann
Umschlaggestaltung & Satz: ROW.LAB

Herstellung und Verlag:
BoD - Books on Demand, Norderstedt

ISBN: 9783759758156

Bibliografische Information der Deutschen Nationalbibliothek: Die Deutsche Nationalbibliothek verzeichnet diese Publikation in der Deutschen Nationalbibliografie; detaillierte bibliografische Daten sind im Internet über dnb.dnb.de abrufbar.

Prolog

Is hätte man die Filmaufnahme von ihm mitten im Sprung eingefroren, steckte Sid im Schnee fest. Beine weit auseinandergespreizt, der rechte Fuß den Abhang hinunter, der linke Fuß den Hang hinauf. Mit dem Schnee bis zur Brust fühlte Sid, wie die Kälte in ihm heraufzog. Es war eine Art Kälte, wie er sie noch nie zuvor gespürt hatte – und Sid hatte schon viel gefroren. Das war alles lästig gewesen, unangenehm. Aber das hier – das war die Kälte, die den Tod brachte. Das war ihm sofort klar. Sids Herz begann zu rasen vor lauter Panik.

Mit größter Mühe konnte Sid den Oberkörper ein wenig drehen und schaute zum Rand des Kraters zurück, von dem er kurz zuvor abgesprungen war. Er hatte das Gefühl, dass das Licht schnell abnahm, was ihn zusätzlich vor Angst zittern ließ. Unter seinen Sohlen befand sich lockeres Geröll, das seinem Schuhwerk keinerlei Halt bot, wie er bemerkte. Was ihn in diesem Moment in seiner Position hielt, war ausschließlich der festgebackene Schnee. Würde er nun versuchen, seinen wie in Beton gegossenen Oberkörper und seine Beine aus dem Schnee zu befreien, bestünde die Gefahr, dass er in der steilen Wand unter die unterste Eisschicht glitt. Wahrscheinlich würde er sogar in dem Hohlraum zwischen Geröll und Eis den Abhang hinabrutschen. Nicht weit vielleicht, aber weit genug, um sich von der Öffnung zu entfernen, die er durch seinen Sprung in das Schnee-Eisgemisch gerissen hatte. Zu weit, um dann noch Luft zum Atmen zu bekommen.

In diesem Moment wurde Sid bewusst, dass nun jede Bewegung, jeder Handgriff gut überlegt sein musste. Noch war der rettende Rand des Kraters nicht allzu weit entfernt. Noch konnte er es vielleicht schaffen, sich aus dieser lebensbedrohlichen Situation zu befreien. Aber *eine* falsche Bewegung, eine zu starke Verlagerung des Körpergewichts sowohl nach oben als auch nach unten würde es unmöglich machen zurückzukehren.

Zu ihr.

01

Are you Bryan Ferry?

Aufgeklärte Menschen verschlingen Leidensberichte von Leukämiekranken, über das Elend in der Dritten Welt, die Unterdrückung Tibets und den Werteverfall in unserer Gesellschaft. Oder Worte von Walser, Mann, Grass, Allende und all den anderen Koryphäen des Feuilletons der 1980er Jahre.

„Was ist deine Geschichte gegen die eines Obdachlosen, die Millionen Geschichten der hungernden Kinder Afrikas? Diese kleine Geschichte eines Menschen, der – OMG! – seine Ideale aufgab, um zu überleben. Einer ungezählten Ameise im gigantischen Ameisenhaufen?"

Diese Frage könnte von seiner ersten richtigen Freundin stammen. Da war Sid 20. Sie war 17. Und eine Professorentochter. Eigentlich hätte sie ihn in puncto Intellekt und Erscheinung auf all die Flintenweiber vorbereiten müssen. Sid hätte die Beziehung mit ihr wie ein Trainingscamp fürs Leben nutzen sollen. Wenn er bei ihren Eltern zu Besuch war, ließ er all die Gespräche über Kultur, die Gesellschaft und die hungernden Kinder artig über sich ergehen. Aber trotz des Alters, das ihm eine gewisse Reife und Anteilnahme an den Problemen dieser Welt hätte abverlangen müssen, war Sid, wie seine Liebste, immer mit seinen Gedanken schon bei dem, was diesen Diskussionsrunden folgen würde, wenn sie sich endlich losgeeist hatten, um zu ihm zu fahren. Ungestümer, junger Sex.

Er liebte ihren leicht gebräunten Körper. Ihre Brustwarzen, die erst dann so richtig anschwollen, wenn sie wirklich in Fahrt kam. Den dunklen Schoß, der immer und immer wieder ergründet werden wollte. Obwohl sie nach ihrer eigenen Aussage schon Sex gehabt hatte, war sie doch relativ unerfahren. Ihm gegenüber zeigte sie sich jedoch als tabuloses Wesen, wenn er eine neue Variante ins Spiel brachte. Ihre Bewunderung und ihre Liebe waren ihm gewiss, und er war sich sicher, dass ihre Freundschaft die schnellen Techtelmechtel ihrer Bekannten um Jahre überdauern würde.

Was Sid aber störte, war diese Besitzergriffenheit ihres Vaters. Sid war sich sicher, dass man jede der drei Töchter nur mit einem astronomischen Brautgeld auslösen konnte, wenn es ans Heiraten ging. Hätte der Professor geahnt, dass Sid die Sonntagnachmittage zwischen den Schenkeln seiner zweitältesten Tochter zubrachte, bereitwillig ihrem Verlangen nachgab und den begierigen Körper mehrfach zum Wahnsinn trieb – er hätte wohl seine Sprachgewalt verloren und wäre entgegen seiner Überzeugung handgreiflich geworden.

Als Sids Freundin eineinhalb Jahre nach Beginn ihrer Beziehung mit ihrer Tante von einer Studienreise aus der Toskana zurückkehrte, erzählte sie am Kaffeetisch, dass ein junger Mann aus dem Dorf sie zu einer Fahrt auf seinem schnellen Motorrad mitgenommen hatte. Er wäre ganz anders gewesen, als man sich Italiener so vorstellte, kein Angeber, sondern eher besonnen. Und er hätte ihr innerhalb einer Stunde so viel von der Umgebung gezeigt, wie sie beim Ausflug mit der Gruppe zuvor nicht gesehen hatte.

Ihre Mutter warf ihr währenddessen einen entsetzten Blick zu. Und ihr Vater machte ihr klar, dass er nichts vom Motorradfahren hielt. Es sei gefährlich und außerdem sollte man den Fahrer und sein Fahrverhalten schon sehr genau kennen, bevor man seine Sozia werde.

Während Sid später eng umschlungen mit ihr auf dem Bett lag, erzählte sie – lachend –, dass sie mit dem Fremden aus dem Dorf natürlich nicht nur auf dem Motorrad unterwegs gewesen war. Sie berichtete, dass sie von dem netten jungen Mann nach einem Dorffest verführt wurde. Die ungewohnte, fremde Umgebung. Das toskanische Flair. Der Duft der Pinienhaine und Zypressenalleen. Rosmarin und Lavendel und das Licht. Und auch ein wenig unerfüllte Sehnsucht nach ihm, Sid, die für einen Augenblick in ihr aufstieg.

Der Moment, in dem sie, vollkommen unerwartet, von dem Fremden in den Arm genommen worden war. Sie keine Zeit hatte, etwas dagegen zu unternehmen. Es einfach geschehen ließ. Wie sie dann das Fest verließen und in seiner Wohnung direkt das Bett ansteuerten. Wie er im Nu ihre Kleider ausgezogen hatte und sie es dann erst in seinem Bett und später noch einmal auf dem Küchentisch trieben. Wie sie dann nachts neben ihrer Tante im Bett gelegen habe und ihr diese ganze Situation nicht aus dem Kopf gegangen war. Sid: ganz weit hinten, diffus in ihrem Kopf. Der Latin Lover: direkt vor ihrem inneren Auge, übermächtig.

Sie erzählte, wie kalt es trotz der toskanischen Sonne war, als der junge Mann sie am nächsten Tag auf seinem Motorrad abholte. Wie sie auf eine kleine Anhöhe fuhren, von der aus man einen grandiosen Ausblick über die Landschaft hatte. Er war so charmant, zeigte ihr die malerische Gegend, während ihre Tante zusammen mit den anderen Teilnehmern in einem mittelalterlichen Gehöft vor ihren Staffeleien und Malblöcken saß. Und während sie vor ihm stand und über die Zypressenallee unter sich starrte, spürte sie plötzlich seine Hand. Sie fuhr langsam unter ihren Pulli, dann zu ihren Brüsten. Umfasste sie. Dann küsste er ihren Nacken und schob sie, während er ihr liebevoll etwas ins Ohr flüsterte, langsam in Richtung seines

Motorrads. Er nahm seine Hände von ihren Brüsten, strich über ihre Arme und drückte sie leicht nach vorne, bis ihre Hände die Sitzfläche der Maschine berührten. Und während sie sich wie automatisch darauf abstütze, merkte sie, wie ihr Lover von hinten den Knopf ihrer Hose öffnete und sie ihr bis zu den Fesseln hinunterzog, gleich darauf ihren Slip. Dann spürte sie, wie er sie von hinten nahm. Sie lachte, als sie schilderte, dass ihre Brustwarzen währenddessen so steinhart waren wie nie zuvor. Und auch noch eine Stunde nach diesem erotischen Erlebnis. Unglaublich. Von der Motorradfahrt? Von der Kälte? Von der Lust, die unablässig in ihr tobte? Doch bei diesen zwei „Begegnungen" war es nicht geblieben. Sie berichtete von drei weiteren Treffen, in denen sie sich sehr nahegekommen waren. Doch als sie davon erzählte, drangen ihre Worte nur noch wie aus weiter Entfernung an Sids Ohr – wie durch Watte. Seine Gedanken fanden keinen Halt mehr in seinem Kopf. Alles spielte verrückt. Denn alle Werte, nach denen er davor gelebt und gehandelt, an denen er sich beim Umgang mit anderen orientiert hatte, galten plötzlich nicht mehr.

... The Bride Stripped Bare ...

Vertrauen.
Verlässlichkeit.

Das Wort, das man sich gegeben hatte.

Liebe, die neben dem Leben selbst das höchste Gut war.

Das Maximale, das man erreichen und leben konnte.

Und sollte.

Was sie sich dabei gedacht haben mag, ihm von ihren amourösen Erlebnissen zu erzählen.

Und dann auch noch so im Detail.

So wie man es als Frau eigentlich nur der besten Freundin erzählen würde.

Sid war, wenn man es so wollte, ihr bester Freund.

Mehr Nähe zwischen Frau und Mann ging nicht.

Also doch: Vertrauen?

Verlässlichkeit?

Immer alles ganz offen schildern?

Ohne ein dunkles Geheimnis voreinander?

Warum es dann aber erst so weit kommen lassen?

Zu diesem Vertrauensbruch im Verhalten.

Verlässlichkeit im Verhalten vermissen lassen.

Er fand keine Antwort darauf.

Vor allem störte ihn der Gedanke, dass sie das Elend in der Welt, welches sie bei jeder Gelegenheit ihm gegenüber zur Diskussion brachte, bei ihrem heißblütigen Lover sicherlich nicht einmal angesprochen hatte.

Männern wird ja immer nachgesagt, dass sie am ehesten zu einem Seitensprung bereit sind.

Sid hingegen warf die Sache total aus der Bahn. Es war ihm ernst gewesen mit seiner Liebe. Hatte er doch über zweieinhalb Jahre darauf hingearbeitet, diese in seinen Augen so einzigartige Frau zu erobern.

Sie ging in dieselbe Schule, in der Sid das Abitur machte. Zwei Klassen unter ihm.

Eines Tages war sie ihm auf dem langen Flur vor den Unterrichtsräumen begegnet. Als sie sich für einen Augenblick ansahen, war es um ihn geschehen. In der Folgezeit wuchs dieses weibliche Geschöpf mit den langen, hochgesteckten, dunklen Haaren in seinem Kopf zur absoluten Traumfrau heran. Zur schönsten Frau in der Stadt. Und je mehr sie in seinen Gedanken zur Göttin wurde, umso unerreichbarer wurde sie für ihn im echten Leben.

In den Sekunden nach ihrer zufälligen Begegnung, als ihn ihr Blick aus dunklen Augen ganz tief ins Herz traf, hätte vielleicht noch die Möglichkeit bestanden, dass er sie ansprach. Ihr einfach eine doofe Frage stellte. Als Vorwand, um das Eis zu brechen. Da er diese einmalige Möglichkeit jedoch verstreichen ließ, wurde die Frau für ihn schnell zur Unberührbaren. Die Sid aber trotz allem, was hypothetisch gegen ihn sprach, an seiner Seite haben musste. Haben *wollte*.

Monate verstrichen und der zunehmende schulische Druck brachte ihn auf andere Gedanken. Die Hormone kochten zwar, aber akzeptable Noten waren nun einmal wichtiger. Sid hatte davor nach einer Ehrenrunde bereits zweimal die Schule gewechselt – ein drittes Mal dürfte er nicht scheitern.

Irgendwann zog er seine besten Schulfreunde ins Vertrauen. Sie waren baff, als Sid erzählte, in wen er sich verguckt hatte. Aus ihrer Sicht war seine Angebetete eine der Top-Frauen an ihrer Schule und für Jungs wie sie vollkommen unerreichbar. Sie würde sich ausschließlich mit einem Jungen aus einer der höher angesehenen Schulen in der Nähe einlassen. Oder mit jemandem, der an die Merz-Schule ging, die Privatschule auf den Hügeln der Stadt.

Seine Freunde hatten in dieser Zeit aber auch ihren eigenen Jagdinstinkt entdeckt. Jeder schwärmte für ein Mädchen innerhalb oder außerhalb der Schule, oder hatte es bereits erobert. So musste Sid seine Sehnsuchtsgedanken den immer abenteuerlicher werdenden Lageberichten seiner Freunde unterordnen, während seine Traumfrau, obwohl sie sich fast täglich über den Weg liefen, für ihn immer mehr aus dem Fokus verschwand.

Ein großes Thema der Jungs ab der elften Klasse – neben Mädchen, Musik, Führerschein und dem bevorstehenden Abitur – war die Wehrpflicht.

15 Monate bei der Bundeswehr.

Alternativ 18 Monate Zivildienst.

Mehrere von Sids Klassenkameraden bereiteten sich auf die von ihnen angestrebte Kriegsdienstverweigerung vor. Einige von ihnen hatten ältere Brüder oder Freunde, die diesen menschenverachtenden Prozess bereits durchgemacht hatten. Sie sprachen während der Pausen oder nach der Schule immer intensiver darüber und je mehr Details Sid über die widersprüchliche und unsinnige Art der Befragung während der Verhandlungen erfuhr, desto mehr fiel er vom Glauben gegenüber seinem Land ab. Irgendwann aber hatte Sid sich viele Notizen gemacht und arbeitete insgeheim die Strategie für sein eigenes Prüfungsverfahren aus. Natürlich war für ihn klar, dass er nicht zur Bundeswehr gehen würde.

Es kam der Zeitpunkt, an dem einer nach dem anderen zur Musterung gerufen wurde. Einer aus ihrer Runde zog verächtlich über diesen denkwürdigen Termin her: „Stellt euch vor, was passiert ist. Als mich der Bundeswehrarzt gebeten hat, meine Vorhaut zurückzuziehen, habe ich mich dumm gestellt und gefragt: wie oft denn?"

Sie brachen in schallendes Gelächter aus und machten sich über diese armselige Organisation lustig. Aber insgeheim wusste jeder, dass nach dem Abitur eine Pflicht wartete, die ihnen weit mehr abverlangen würde als die oft monierte Schulzeit. Denn Bundeswehr bedeutete, notfalls gegen die Russen zu kämpfen, genauer gesagt gegen die Sowjetunion und den gesamten Warschauer Pakt. Gegen Zehntausende von Panzern, die auf dem Schlachtfeld auf einen zurollen würden. Gegen Soldaten aus dem Osten, deren Grausamkeit legendär war.

Auf der anderen Seite machten sie sich aber auch lustig darüber, dass sie doch nicht diejenigen sein würden, die alten Leuten den Hintern abwischten. Das sollten bitte diejenigen machen, die gut dafür bezahlt wurden.

Zwischen diesen zwei Polen des einerseits noch unreifen Denkens und andererseits nackter Angst wanderten Sids Gedanken über viele Monate hin und her. In dieser Zeit hatten die ersten Schulfreunde ihre Verhandlungen und kamen in den meisten Fällen damit durch. Aber jeder, der dieses Prozedere durchgemacht hatte, war auf eine gewisse Art gebrochen. Derjenige war auf eine Wand von Widersprüchen gestoßen, die man nur durch sehr geschicktes Argumentieren umschiffen konnte. Dabei musste man Begründungen vorbringen, die genauso unsinnig waren wie die Gesprächsführung, in die man von der Kommission verwickelt wurde. Eine vergleichbar abstruse Situation wie in dem Film *Catch 22*. Dort wird die Möglichkeit der Freistellung Geisteskranker vom Kriegsdienst geschildert. Ein Antrag auf Freistellung wird aber als Zeichen offensichtlicher geistiger Gesundheit gewertet, weil Angst vor dem Kriegsdienst normal ist. Der logische Schluss daraus: Ein Aussteigen ist nicht möglich!

Die nüchterne Beobachtung dieser unsinnigen Sachlage versetzte Sid in einen Gemütszustand, in dem er schließlich ... gar nichts unternahm.

Das Schicksal sollte entscheiden.

Und so kam es dann tatsächlich auch.

Während all seine Schulfreunde ihren Einberufungsbescheid erhielten, wartete Sid vergeblich auf ein entsprechendes Schreiben. Und irgendwann hatte er den Eindruck, dass er offenbar durch ein Raster gefallen war. Wie eine Karteileiche.

Sid gab sich damit zufrieden, dass er tatsächlich ohne das absurde Verweigerungsverfahren sowohl um Wehr- als auch Zivildienst herumgekommen war.

Cool!

Ein kleiner Triumph zum Ende der strapaziösen Schulzeit.

Nach dem Abitur flog Sid mit drei seiner Schulfreunde erst einmal nach Mallorca.

Udo D., den alle UD, gesprochen „Judiii", nannten, hatte zwar verweigert, sein Antrag war aber abgelehnt worden. Steffen, dessen Name oft auf Steff verkürzt wurde, hatte nichts gegen den Dienst in der Bundeswehr. Thomas, wahlweise Tommes oder Thomsen gerufen und der Vierte im Bunde, hatte es tatsächlich geschafft, sich untauglich schreiben zu lassen.

Sie wussten, dass Thomsens Eltern einen guten Draht zu Ärzten hatten. Um schließlich seine Untauglichkeit besiegeln zu lassen, hatte er sich Tipps für ein glaubhaftes Vorspiegeln entsprechender Gebrechen samt Attesten geholt. Sie waren zwar alle dicke Freunde, aber die unterschiedlichen Beweggründe, mit dem Thema Wehrpflicht umzugehen, sorgte auch auf ihrer Reise für viele Diskussionen. Ihr „Drückeberger" hatte jedoch ein Ass im Ärmel, das ihn relativ unangreifbar für sie machte: Er stellte nämlich das noble, elterliche Ferienappartement als Urlaubsunterkunft zur Verfügung. Und nachdem sie von dem mallorquinischen Angestellten seiner Eltern vom Flughafen abgeholt worden waren, fanden sie im Appartement einen gut gefüllten Kühlschrank und einen noch besser bestückten Getränkekeller vor.

Die Probleme und Anstrengungen der Schulzeit traten relativ schnell in den Hintergrund. Sie schliefen lange und frühstückten ausgiebig, saßen bis zum frühen Nachmittag auf der Terrasse, spielten Skat oder Binokel, blickten hinunter auf die Bucht unterhalb der Steilküste, auf der sich ihr Haus befand, und beobachteten die Yachten und Wasserskifahrer.

Nachmittags schlappten sie den Berg hinunter an den Strand, faulenzten dort weiter oder badeten im nur hüfttiefen Wasser. Doch die Wasserqualität machte Sid Sorgen, denn von der kleinen Sandbucht aus fand offenbar kein nennenswerter Wasseraustausch zum offenen Meer hin statt. Daher war die Wasseroberfläche an vielen Stellen von einem schillernden Film aus Sonnencreme überzogen, und ein paar Mal kam ihm beim Schwimmen sogar ein Kothaufen entgegen. Sid tröstete sich mit dem Gedanken, dass er von einem der Hunde stammen könnte, mit denen Herrchen oder Frauchen im Wasser spielten. An eine andere Möglichkeit wollte er gar nicht denken.

Die Gespräche drehten sich mehr und mehr um Frauen. Natürlich erzählten sie auch über Sids nie unternommenen Versuch, die Frau seines Herzens anzusprechen. Abwechselnd machten sich seine Freunde lustig darüber, welch ein Feigling Sid doch war und welche Angst er hatte, sich die Finger zu verbrennen. Dabei wäre Verbrennung besser als unerfüllte Liebe. Wenn sie dann jedoch reihum auch auf die erfolglosen Liebesabenteuer der Freunde zu sprechen kamen, konnte Sid seine Person schnell wieder aus dem Kreuzfeuer ziehen.

Der vielversprechendste Flyer von einem der unzähligen Strandläufer lockte sie abends in die Discos. Es zählte, wo es den günstigsten Longdrink gab. Für sie war dies Whiskey Cola, ein süßes Gesöff, das Sid nie zuvor getrunken hatte. So wie er vor ihrer Reise, ganz im Gegensatz zu den meisten seiner Freunde, kaum Alkohol angerührt hatte. Aber Whiskey Cola wurde schnell zu ihrem Urlaubsgetränk, das sie ab dem zweiten Tag auch bei ihren Kartenrunden auf der Terrasse tranken. Im Schnitt verbrauchten sie pro Tag eine Flasche Jim Beam. Eisgekühlte Cola war eh immer genug da.

In der Disco war die Dosierung jedoch grenzwertig: Wenn man dort den Longdrink bestellte, bekam man zu dem Whiskey, mit dem das Glas zu dreiviertel gefüllt wurde, obendrauf nur noch einen Schuss Cola. Die vier jungen Männer hingen erbarmungslos zwischen den Welten – der nicht selbstbestimmten Schulzeit und dem Berufsleben, das zu viele Möglichkeiten bot, noch dazu mit dem Wehrdienst als Albtraumszenario direkt vor der Nase. Die Dosierung ihres Getränks war somit genau richtig. Und es hatte den Vorteil, dass sie wenig Geld dafür ausgeben mussten, an einem ausschweifenden Abend schnell auf Betriebstemperatur zu kommen.

Für Sid, der keinen Alkohol gewohnt war, war der Abend dann oft früh vorbei. Während seine Freunde frenetisch oder lustlos auf der Tanzfläche vor sich hinschwooften und hin und wieder einen meist vergeblichen Anlauf unternahmen, eine Frau anzusprechen, schlief Sid des Öfteren auf der Sitzbank ein, die direkt neben einer der mannshohen Bassboxen stand. Ihn störte das Wummern wenig, konnte er sich doch ausruhen und war doch ganz inmitten des Partygeschehens. Auf dem Nachhauseweg musste er sich allerdings von seinen Freunden anhören, dass er einfach nichts gewohnt sei.

Am dritten Abend hatte es UD endlich geschafft: Der Rest von ihnen beobachtete erstaunt, wie ihr Freund mit einem hochgewachsenen, blonden Mädchen plötzlich vor die Tür ging. Als er nach einiger Zeit zurückkam, grinste er und erzählte, dass er gerade eine Eroberung gemacht hatte: Andrea aus Düsseldorf. Sie hätten sich für den folgenden Abend wieder in diesem Club verabredet.

Auf dem Fußweg nach Hause löcherten sie UD mit Fragen. Sie versuchten herauszubekommen, wie er es geschafft hatte, diese attraktive Frau anzusprechen und nicht von ihr zurückgewiesen zu werden. UD war bekannt dafür, schon einige Frauen gehabt zu haben. Also saugten sie seinen Bericht gierig auf, wie eine nützliche Lektion fürs Leben. Als sie später auf der Terrasse saßen und noch eine Runde Karten spielten, rückte ihr erfolgreicher Freund mit dem Wunsch heraus, am nächsten Abend – sollte seine jüngste Eroberung tatsächlich wie abgemacht aufkreuzen – im Anschluss für ein paar Stunden eine sturmfreie Bude zu haben. Im ersten Augenblick sahen sie ihn fassungslos an, aber dann fingen sie an zu grölen und begossen mit einer weiteren Runde Whiskey Cola die erfolgreiche Wendung, die dieser Urlaubs-Trip nun sicherlich auch für die restlichen drei nehmen würde.

Am nächsten Abend hielten sich die Übergebliebenen länger als gewollt in der Disco auf. Im Gegensatz zu UD, der bald nach seinem verabredeten Wiedersehen mit der großen Blondine aus der Disco verschwand, bot sich den dreien keine ernstzunehmende Gelegenheit, mit ihrem Freund gleichzuziehen. Thomsen und Steff unternahmen zwar jeweils einen vergeblichen Versuch, eine der Frauen um sie herum aufzureißen. Aber Sid beließ es bei ein paar verlegenen Blicken hin zu einer jungen Schönheit am anderen Ende der Tanzfläche, die mit ihren langen dunklen Haaren seiner unerfüllten Liebe in Stuttgart verdammt ähnlichsah. Und dieses hübsche weibliche Geschöpf da gegenüber, das ausgelassen mit ihrer Freundin tanzte, schien für ihn ebenso unerreichbar wie seine Göttin in 1.158 km Entfernung.

Sid war gedankenversunken, als sie den Berg zu ihrem Appartement hochstapften. Thomsen und Steff debattierten gestenreich darüber, was sie auf ihren Eroberungszügen wohl falsch gemacht hatten. Als sie die Tür zum Appartement aufschlossen, saßen ihr Freund UD und Andrea in Unterwäsche auf der Couch im Wohnzimmer und rauchten. Da die Tür dazu angelehnt war, ging Thomsen sofort in das Zimmer seiner Eltern, das auf dieser Reise sein Schlafzimmer war, und sondierte die Lage. Dann kam er entrüstet zurück und brüllte UD an, was er sich dabei gedacht hätte, die Klamotten dort liegen zu lassen. Und vor allem, das Leintuch dermaßen zu besudeln. Wenn es schon sein musste, dann hätten sie es gefälligst auf UDs Matratze im Wohnraum treiben sollen.

Doch UD, der große Macker, ließ diese Hasstirade weitgehend unbeeindruckt an sich abprallen. Er hatte im Gegensatz zu den dreien bereits am Vorabend das perfekte Eisen gewählt und heute erfolgreich eingelocht. Sein eh schon herausragendes Handicap hatte er an diesem Abend noch einmal verbessert. Das mussten sie ihm erst mal nachmachen – das musste allen voran Thomsen ihm nachmachen. UD ging unter Thomsens vernichtenden Blicken mit seiner Begleitung zurück ins Schlafzimmer.

Dort zogen sie sich an und verließen das Appartement. Es war nicht klar, wann und ob überhaupt UD zurückkehren würde.

Als sie alle bereits schliefen, klopfte es mitten in der Nacht leise an eines der kleinen Fenster, die sich an der Straßenseite befanden. Sid wachte als Erster auf und öffnete die Tür: UD stand grinsend im Halbdunkel. Steff richtete sich, müde wie Sid auch, von seinem Schlaflager im Wohnraum auf. Jeden Moment musste Thomsen in der Tür stehen und das Gezeter würde erneut losgehen. Aber die Schlafzimmertür blieb geschlossen und UD schlich zu seinem Schlafplatz, der auf der breiten, weiß getünchten Steinbank im Wohnzimmer zwischen der seiner Freunde lag.

UD flüsterte, er könne ja nichts dafür, dass seine Flamme ihrerseits keine sturmfreie Bude zur Verfügung stellen konnte. Sie teile sich das Hotelzimmer mit ihrer besten Freundin. Und die habe bereits am ersten Abend einen Typen kennengelernt, der wiederum auch keine sturmfreie Bude anzubieten hatte. Sein Kumpel, mit dem er sich das Zimmer teilte, hatte ebenfalls eine Eroberung gemacht, der er für gemeinsame körperliche Annehmlichkeiten sein Bett zur Verfügung stellen musste.

Sie grinsten über alle Ohren, als UD diesen Lagebericht zum Besten gab. Und sie stellten sich feixend vor, wie diese Kette der Lust noch endlos weitergehen würde, bis sie sich durch die gesamte Stadt gezogen hatte. Jeder war über nur wenige Verbindungsglieder mit jedem im Ort sexuell verbandelt.

Mit einem Mal hatten sie das Gefühl, dass sie nicht etwa im schönen Peguera gelandet waren, sondern eher in Sodom oder Gomorra. Ein sündiges Fleckchen war das hier, das konnte man schon sagen. Aber die drei „anderen" hatten im Gegensatz zu UD noch keinen einzigen Stich gemacht. Das stimmte sie etwas missmutig.

Als sie am nächsten Abend erneut ihr Jagdrevier ansteuerten, hatte sich die Situation zwischen UD und Thomsen wieder beruhigt. UD war trotz seines nächtlichen Ausflugs bereits früh am Morgen aufgestanden und hatte für alle Croissants und Brötchen geholt. Als sie verschlafen aus ihren Kojen krochen, stand bereits alles fertig auf dem Frühstückstisch. Neben dem Brotkorb stand sogar eine Flasche Jim Beam, die UD, entgegen ihrer sonstigen Gepflogenheiten, ganz aus eigener Tasche bezahlt hatte. Als Thomsen mit ernster Miene aus seinem Schlafzimmer trat, zeigte UD mit einer theatralischen Geste auf den von ihm bestückten Frühstückstisch. Vor dem Tisch begrüßten sich beide mit einem müden High Five, während Thomsen mit zustimmendem Nicken den Jim Beam ergriff und in den Barschrank stellte.

Sie waren alle gespannt, was dieser Abend bringen würde. Die Erwartungen waren hoch. Zu hoch, wie Sid fand. Denn nachdem UD in der vorangegangenen Nacht von der Kette der Lust erzählt hatte, waren sie zu dem Schluss gekommen, dass sie nun unweigerlich die letzten Bindeglieder sein würden und sie so schnell wie möglich den Ring schließen müssten. Doch der Erfolgsdruck, der daraus für sie entstand, war nicht etwa anspornend – er machte alles nur noch schwieriger. Nachdem sie sich mit ihren frisch gefüllten Whiskey-Cola-Gläsern am Rande der Tanzfläche positioniert hatten, schien es, als ob an diesem Abend der Frauenanteil besonders hoch war. Aber egal, welches Zielobjekt der eine oder andere von ihnen auch fixierte, es kam einfach kein Feedback, das sie veranlasste, die Frau von Interesse anzusteuern.

UD schäkerte mit seiner blonden Eroberung an der Bar herum. Die drei Rookies waren also auf sich alleine gestellt. Keine hilfreichen Lektionen vom Meister. Schließlich diskutierten sie dann aber doch die Möglichkeit, ihren Aufreißer-Freund auf die von ihnen präferierten Objekte anzusetzen: ein Glas Whiskey Cola für jeden erfolgreich eingefädelten Deal! Aber mit Blick zur Bar und den beiden Turteltäubchen nahmen sie dann schnell wieder Abstand von diesem Gedanken. Andrea wäre sicher *not amused* gewesen.

Thomsen war gerade dabei, für die drei Looser eine weitere Runde Whiskey Cola zu holen, damit sie ihre Niederlage wenigstens nur noch durch einen Nebel wahrnehmen mussten. Währenddessen stand Sid schweigend neben Steff, als er plötzlich durch die tanzende Menge hindurch die Schönheit erspähte, die bereits am Abend zuvor sein Herz zum Rasen gebracht hatte.

Sid kannte dieses Gefühl.
Und er kannte diesen Moment.
Er konnte sich sehr gut an diesen ersten Augenblick vor über zwei Jahren erinnern, als er seiner mittlerweile so unerreichbar gewordenen Liebe auf dem Schulflur begegnete.
Als alles in ihm zu rasen begann.
Vollkommener Kontrollverlust.
Und mit jeder weiteren Minute rasant zunehmende Handlungsunfähigkeit.

Gerade dieser letzte Aspekt hämmerte sich in dem Moment in seinen Kopf, als er der Schönheit vor ihm auf der Tanzfläche bei ihren geschmeidigen Bewegungen zusah, die sie mit ihren Armen, ihrem Oberkörper und ihrer Hüfte in die Luft malte.
Vollkommenheit.
In einer Art, die Sid faszinierte.

Und während ihm bewusst wurde, dass er keine Chance haben würde, löste er unmerklich seinen rechten Fuß vom Boden und machte den ersten Schritt. Er ließ ihm den linken folgen, jetzt ganz leicht im Rhythmus der Musik. Als er die Mitte der Tanzfläche erreicht hatte, war Sid voll im Flow. Dieses Gefühl, nichts zu verlieren zu haben, beflügelte ihn. Er stellte erstaunt fest, dass er vollkommen befreit war und seine Tanzbewegungen nicht mehr durch den Kopf, sondern nur noch von der Musik gesteuert wurden.

Als der Song endete und eine etwas ruhigere Musik einsetzte, verließen viele Gäste die Tanzfläche. Sids Blick wurde wieder klar und er sah, dass er nur zwei Armlängen entfernt von der Schönheit stand. Wie einige andere überlegte auch sie, ob sie weitertanzen oder die Tanzfläche verlassen sollte – das sah Sid ihr an. Und im Bruchteil einer Sekunde beschloss er, ihr die Entscheidung abzunehmen.

Tanzen, sagte Sid sich in diesem Moment, war nichts für Leute, die gewonnen hatten.

Es tanzten nur die, die auf der Suche waren. Auf der Suche nach sich selbst. Nach Ausgeglichenheit. Auf der Flucht vor einer bedrückenden Situation.

Wer aber mit sich im Reinen war, alles hatte, was ihn glücklich machte, hatte keinen Grund zum Tanzen. Und

Sid hatte sein Glück in greifbarer Nähe und musste nur noch einen Schritt nach vorn tun.

„Du bist mir gestern schon aufgefallen" war dann auch der blödsinnigste Spruch, der ihm nur einfallen konnte. Noch im Moment, als er ihn aussprach, hätte er sich dafür ohrfeigen können. Das war vollkommen unter seinem Niveau. So eine plumpe Anmache würde diese tolle Frau sofort entschieden zurückweisen.

Und nachdem seine Worte seinen Mund verlassen hatten – eher gebrüllt als gesprochen, denn die Musik wurde plötzlich wieder lauter und an eine Unterhaltung war hier nicht mehr zu denken –, überlegte Sid krampfhaft, mit welchem schlauen Satz er diesen Fauxpas wiedergutmachen könnte. Aber bevor er dazu kam, in einer noch ungelenkeren Art zu versuchen, seinen falschen Kurs zu korrigieren, stellte er mit Überraschung fest, dass es lediglich darum ging, eine kleine Tür zu öffnen. Und was durch dieses Türchen hereinkam oder hinausging, war in diesem Augenblick vollkommen unerheblich. Denn sein unsägliches Geblubber, das sich mit erstaunlicher Leichtigkeit seinen Weg durch die winzige Öffnung gebahnt hatte, löste auf der gegenüberliegenden Seite zu seinem größten Erstaunen etwas aus, was er bis zu diesem Moment nicht für möglich gehalten hatte.

„Du bist mir auch aufgefallen" waren dann die Worte, die diese Einsicht brachten. Und ein Lächeln, das Sid von dieser klasse Frau ihm gegenüber nicht erwartet hatte. Zum Glück war sein Handeln ab diesem Moment nicht mehr von Zaudern bestimmt. Und er ignorierte das fassungslose Gesicht von Thomsen, der auf der gegenüberliegenden Seite demonstrativ und fragend das für Sid gekaufte Whiskey-Cola-Glas in die Höhe hielt.

Nachdem Sid sich mit seiner weiblichen Bekanntschaft fast ohne Worte darauf verständigt hatte, dass es hier drin zu laut war, bahnten sie sich schnell einen Weg nach draußen. Vor der Tür angekommen, gingen sie erst einmal ein paar Schritte nebeneinander her, bis sie schließlich lachend anhielten. Er sah einen freien Tisch vor der Bar neben der Disco und schlug vor, sich an diesen zu setzen.

Sie kamen leicht ins Gespräch und hatten sich erstaunlich viel zu erzählen. Es war fast so, als hätte das Schicksal nur darauf gewartet, sie beide zusammenzubringen. Aber was noch unglaublicher war: Sie hatte eine so erstaunliche Ähnlichkeit mit seiner unerfüllten Liebe in Stuttgart, dass Sid es nicht für möglich hielt, dieser wunderschönen Frau nur eine Armlänge entfernt gegenüberzusitzen. Erst sehr viel später hatte Sid eine Erklärung dafür, warum diese junge Frau solch eine frappierende Ähnlichkeit mit seiner Göttin in Stuttgart hatte. Es lag einfach an seinem sehr eingegrenzten, exakt festgelegten Beuteschema, von dem er auch nach Jahren der Erfolglosigkeit nicht bereit war, auch nur einen Millimeter abzuweichen.

Noch einmal viele Jahre später hat Sid es sich zum Vorwurf gemacht, dass er sich nicht schon viel früher auf – sagen wir – gewisse Variationen eingelassen hatte. Auf Alternativen zum einmal festgelegten Schönheitsideal. Aber wer oder was dieses Schönheitsideal in einem anlegt, darauf hat man wahrscheinlich nur begrenzt Einfluss. In diesem Fall – in der Disco von Peguera auf Mallorca – war seine verbohrte, vielleicht sogar fanatische Art jedoch dafür verantwortlich, an diesem Abend diese Eroberung zu machen.

Claudia hieß die Schöne, war ein Jahr jünger als Sid und erzählte, dass sie aus Herne im Ruhrgebiet stamme. Viele Männer aus ihrer Familie und aus ihrem Bekanntenkreis waren im Bergbau tätig. Aber Claudia war sich sicher, dass sie etwas ganz anderes machen würde. Auch wenn sie sich nicht vorstellen konnte, woanders hinzuziehen. Sie mochte es dort, in der Gegend, und hing mit Leuten ab, die in einer Band namens „PicPac" Musik machten. Claudia hatte sie schon zu einigen Auftritten begleitet, die immer sehr aufregend waren und ihr viel Spaß machten.

Als sie von der Band erzählte – *wie* sie es erzählte – wusste Sid, dass er die richtige Frau angesprochen hatte.

Sie war klug und hatte etwas vor. Das gefiel ihm. Er fand das faszinierend, also erzählte er ihr von seinem Vorhaben, Filme zu drehen. Und Musik und Film lägen ja nicht allzu weit auseinander. Sid erzählte ihr aber auch, welchen Ruf das Ruhrgebiet in Süddeutschland hatte. Dass es für seine Freunde und ihn ein graues, rußverkrustetes Revier war, von dem sie sich überhaupt nicht vorstellen konnten, dort zu leben. Und dass dort die Sonne schien.

Claudia lachte und bestätigte diesen Eindruck, verwies aber auch auf die vielen schönen, teils unberührten Orte in der Natur, die es so nur dort gab. Er solle sie doch mal besuchen kommen und sich mit eigenen Augen davon überzeugen.

Sid lächelte sie an, während sie das vorschlug. Der Gedanke schien ihm nicht abwegig. Aber zuerst einmal ging es nun darum, aus ihrem Beisammensein an diesem Ort hier noch deutlich mehr zu machen.

Doch bevor Sid weitere Strategien entwerfen konnte, spürte er einen unsanften Klaps auf seiner Schulter. Dessen Ursache war UDs rechte Hand. Die anderen zwei Freunde standen hinter UD und grinsten ihn an, drängten aber zum Aufbruch. Und als UD seine neue Bekanntschaft fragte, ob sie mitkommen wolle, hatte Sid plötzlich ein ungutes Gefühl und wollte etwas entgegnen. Doch Claudia kam ihm zuvor und schlug vor, sich für den folgenden Abend doch wieder unten an der Tanzfläche zu verabreden. Sie müsse sich jetzt ganz schnell um ihre Freundin kümmern, die drinnen alleine auf sie wartete.

Als sie sich auf den Fußmarsch Richtung Appartement machten, schwirrte Sid der Kopf. Die Rollen hatten sich gewandelt, denn nun war *er* der Mittelpunkt des Interesses. Keiner seiner Freunde hatte damit gerechnet, dass gerade *er* an diesem Abend einen Stich machen würde. UD klopfte ihm immer wieder anerkennend auf die Schulter – wie ein Trainer, der seinem Spieler damit signalisieren möchte, dass er seine Sache, unter seiner Anleitung, gut gemacht hatte.

„Aber morgen musst du die zweite Stufe zünden, das ist dir schon klar, oder?" Damit blickte er zu Thomsen, der die Absicht des Blickes richtig deutete und sofort abwehrend die Hände in die Höhe reckte.

„Schon gut, schon gut", beruhigte Sid Thomsen, „das wird nicht notwendig sein".

Damit gab er Entwarnung, was eine sturmfreie Bude betraf. Hauptsächlich tat er dies aber, um für sich selbst den Erfolgsdruck herauszunehmen. Das wuchs ihm jetzt alles, mit etwas zeitlichem Abstand, plötzlich über den Kopf. Obwohl Sid den Gedanken schon reizvoll fand, das nun theoretisch alles möglich war. Immerhin hatte er doch so etwas wie das große Los gezogen.

Steff und Thomsen zogen ihn jedoch schnell wieder

auf den Boden der übrigen Tatsachen hinunter. Verschärften sie doch ihr Lamento darüber, selbst bei den Frauen hier vor Ort nicht zu Potte zu kommen. Aber im Gegensatz zu UDs Eroberung an seinem ersten Abend löcherten sie Sid nicht mit Fragen. Sie wollten von ihm nicht wissen, wie das denn nun genau funktioniert habe. Sid wurde eher behandelt wie jemand, der durch pures Glück einen Treffer gelandet hatte.

Am darauffolgenden Abend machte sich demnach ein seltsamer Tross Richtung Disco auf. Die Ausgelassenheit und Leichtigkeit ihrer ersten Tage war verflogen, wenn man einmal von UD absah, der vor der Disco mit einem fast schon obszönen Kuss seine blonde Düsseldorferin begrüßte. Gleichzeitig war die Anspannung in Sid kaum zu überbieten. Er war in sich gekehrt und hatte panische Angst, dass seine gestrige Eroberung nur ein flüchtiger Hoffnungsschimmer in den Geschichtsbüchern bleiben würde.

Während sie sich auf den Weg zur Tanzfläche machten, trotteten Thomsen und Steff leicht missmutig hinter Sid her. Nach kurzer Zeit erspähte er in einer Sitzecke seine Flamme, die dort mit ihrer Freundin saß. Sein Herz machte einen Sprung: Die Karten lagen offenbar günstig für ihn.

Zuerst einmal musste Sid sich Claudias Freundin vorstellen. Und das war schwieriger als gedacht. Die Freundin war nämlich nicht begeistert darüber gewesen, dass ihre beste Freundin Claudia am Vorabend mit Sid vor die Tür gegangen war. Claudia unternahm nun ihrerseits alles, um ihre Freundin bei Laune zu halten. Was wiederum mit einer recht reservierten Art Sid gegenüber einherging.

Schwierige Situation, das wurde ihm gleich klar.

Aber Sid konnte beide verstehen, hatte sich doch ein ähnliches Spiel in den letzten Tagen zwischen den Freunden ergeben.

Da kam er auf die verrückte Idee, Claudias Freundin mit Thomsen und Steff bekannt zu machen. Das wäre die Lösung seines Problems. Und es würde vielleicht auch die Probleme der drei anderen in Nichts auflösen. Also schlug Sid Claudia und ihrer Freundin vor, zusammen zu seinen zwei Freunden auf der anderen Seite der Tanzfläche zu gehen und dort die restliche gemeinsame Abendgestaltung zu besprechen.

Um es gleich vorwegzunehmen: Sein Vorschlag war überhaupt keine gute Idee. Denn als sie zu dritt bei seinen beiden Freunden ankamen, reagierten die eher ablehnend. Sich mit der Freundin von Claudia auseinanderzusetzen, war für sie keine Option. Zwischen den dreien stimmte einfach die Chemie nicht, das musste Sid schnell feststellen. Sie waren jeweils nicht der Typ des anderen.

Punkt. Und Thomsens grimmiger Blick sagte ihm darüber hinaus, dass er keine Lust hatte, hier das Kindermädchen für ihn zu spielen. Ihm also die Freundin seiner Flamme vom Leib zu halten, damit sie ungestört tun konnten, was sie zu tun vorhatten.

So schnell konnte sich eine vielversprechende Gelegenheit in Luft auflösen.

Einfach so.

Durch unkooperatives Verhalten von bis dahin guten Freunden.

Und durch einen unnötigen Klotz am Bein.

Doch während Sid etwas ratlos dastand und ihm eine Idee fehlte, wie er den Abend noch zu seinen Gunsten wenden konnte, löste sich das Problem wie von selbst auf. Claudias Freundin, deren Eltern Claudia mit auf die Reise genommen hatten, fand plötzlich offenbar, dass sie dem Glück der anderen nicht im Weg stehen wollte. Eine großzügige Geste, die Sid bei seinen zwei Freunden auf ganzer Linie vermisste. Demnach begleitete er die Freundin an der Seite von Claudia mit nach draußen, ohne sich von seinen Freunden zu verabschieden. Irgendwann war einfach der Punkt erreicht, wo man die Diplomatie beiseitelassen musste.

Nachdem sich die zwei Mädchen kurz zum Abschied um

den Hals gefallen waren, schlenderten Claudia und Sid Richtung Strand.

Sie reden nicht viel.

Die letzten Minuten waren zu unschön gewesen, als dass sie beide den Drang gehabt hätten, das alles noch einmal rückblickend aufzuarbeiten.

Er meinte jedoch zu spüren, dass Claudia den Rest des Abends mit ihm alleine verbringen wollte.

Dieses Gefühl tat ihm gut, auch wenn sie nun schweigend nebeneinander hergingen.

Von der sprudelnden Konversation des letzten Abends, draußen vor der Bar, war zu diesem Zeitpunkt überhaupt nichts mehr übrig. Da Sid, wie so oft, überlegte, wie sich eine Beziehung wie diese wohl entwickeln könnte, verglich er diese Situation im Geiste mit einer extrem kurzen und heftigen Verliebtheitsphase, in die dann mit brachialer Zerstörungsgewalt der Alltag einkehrte. Mit all seinen Herausforderungen.

Alltagseinkehrung in Rekordzeit also.

Boooom!

Sid verfluchte sein Schicksal dafür, dass es ihm nicht einmal die Chance gab, für einen kurzen Zeitraum einfach nur glücklich zu sein. Dass nicht einfach alles einmal ohne Schwierigkeiten lief und er das Leben ungefiltert in vollen Zügen genießen konnte. Er verrannte sich so in diesen

Gedanken, dass er gar nicht merkte, wie sie am Wasser ankamen. Ihm wurde das erst klar, als Claudia anhielt und ihn fragend anblickte.

Sid lachte nervös, als er die Situation erkannte. Und er tadelte sich im Geiste dafür, dass er es nicht fertiggebracht hatte, auf dem Weg hierher zumindest ein einigermaßen lebhaftes Gespräch in Gang zu setzen. Er war so schockiert darüber, wie sich diese wunderbare Situation plötzlich in dieses komplizierte Gebilde verwandelt hatte, dass er es tatsächlich ganz im Gegensatz zu sonst nicht schaffte, den Mund aufzumachen.

Claudia zog ihre Schuhe aus und ging im seichten Wasser langsam am Ufer entlang. Ihr schönes Kleid reichte ihr bis knapp zu den Knien, ihre langen Haare umspielten ihre Schultern, ihre Brüste hoben sich leicht vom Brustkorb ab. Sid konnte sich erst nicht von diesem Bild lösen, als sie sich zu ihm umdrehte und ihn lachend heranwinkte. Im Hintergrund die Dunkelheit des Meeres, im Vordergrund Claudia, schemenhaft durch das Licht der Häuserzeile hinter ihnen angeleuchtet.

Sid musste dieses Bild einfach noch auf sich wirken lassen.

Er durfte es nicht aus seinem Kopf verlieren.

Wenn es weg sein würde, war er verloren.

Und plötzlich kehrte das unbändige Verlangen zurück,

das ihn gestern durchflutet hatte, bevor er über die Tanzfläche auf sie zugegangen war. Sid spürte es jetzt wieder.
Er ging langsam auf sie zu und zog dabei seine Schuhe
aus. Als er bei ihr ankam, im Wasser stand, nahm er sie
in den Arm. Sie schloss die Augen und sie küssten sich.

Nach einem Augenblick, in dem für ihn die Zeit stehen
blieb. In dem er nicht an das Davor und das Danach dachte. In dem er einfach nur ihren Körper spürte. Eine Ver-
trautheit. Etwas, das er davor nicht kannte. Was er sich
zwar immer ausgemalt hatte. Tatsächlich ein paar Mal
mit Abstrichen erfahren hatte. Jedoch nie in dieser Voll-
endung. Nie als diese untrennbare Einheit. Nach einem
Augenblick also, den er für immer festhalten wollte, lösten
sie sich langsam voneinander. Dann gingen sie Hand in
Hand im lauwarmen Wasser weiter.

Woher Frauen, selbst wenn sie ein paar Jahre jünger sind,
diese Abgeklärtheit haben?

Und Jungs in der gleichen Situation lediglich verliebte
Bengel sind?

Warum Frauen diese unfassbar begehrenswerten Ge-
schöpfe darstellen?

Die sich einem vollkommen öffnen und einem doch im
nächsten Moment komplett verschlossen begegnen?

Warum sie einen etwas über das Leben lehren, obwohl sie gleichzeitig so unschuldig wirken? Diese Frage stellte Sid sich seit diesem Abend immer wieder.

In dunklen Momenten kam er dann zu dem Schluss, dass Frauen so etwas wie die Hülle für das Blut sind, das Männer wie Stechmücken magisch anzieht. Das sie willenlos macht und den Verstand abschalten lässt. Weil sie Moskitos sind, die ihren Stachel einsetzen müssen.

Nur, was hätten sie davon, sie ins Verderben fliegen zu lassen?

Ins Licht, um dann zu verbrennen.

Lediglich aufgrund von Reizen, die ihnen die Natur mitgegeben hat.

Einfach als Spiel?

Oder Experiment?

Claudia gestand ihm erneut, während ihre Füße mit den Wellen spielten, dass sie ihn, bevor er sie angesprochen hatte, bereits beobachtet hätte. Sie hob aber hervor, dass die Situation nicht ganz einfach wäre, weil sie mit der Familie ihrer besten Freundin hier war. Und als ihre Begegnung vom Vorabend heute beim Frühstück zur Sprache kam, waren von Seiten der Eltern Bedenken geäußert worden. Immerhin hatte Claudia gerade erst das 18. Lebensjahr vollendet. Dann fügte sie zu Sids großer Bestürzung hinzu, dass sie am übernächsten Tag wieder nach Deutschland zurückfliegen würden. Und am morgigen

Tag hätten die Eltern ihrer Freundin schon ein gemeinsames Abschiedsprogramm arrangiert, an dem sie unbedingt teilnehmen musste.

Was hatte Sid sich auch von einer Urlaubsromanze erhofft?

Ewige Liebe?

Er war auf seine eigenen Gefühle hereingefallen.

Sie hatten ihn blind gemacht gegenüber der Tatsache, dass die meisten Urlaubsbekanntschaften unerreichbar weit weg ihr Zuhause hatten und es ihm einen unerträglichen Schmerz verpasste, wenn sich die Liebschaft in dem Moment in Luft auflöste, in dem die Leidenschaft sich ins Unermessliche steigerte.

UD würde sicher nicht so denken. Und auch nicht so fühlen. Da war Sid sich ganz sicher, so wie er UD kannte. Für ihn war sein Urlaubsabenteuer mit Andrea lediglich ein Sprungbrett für unzählige noch viel größere Abenteuer, die in der Zukunft schon auf ihn warteten. Aber Sid war anders als UD. Was Frauen betraf, war er einfach ein hoffnungsloser Romantiker.

„Ich finde dich total sympathisch und ich wollte dir nicht das Gefühl geben, dass ich nichts von dir halte. Deshalb habe ich dich geküsst", sagte Claudia plötzlich.

Sid blieb wie angewurzelt stehen und schaute sie ungläubig an.

„Das ist schön", entgegnete er etwas verwirrt, dann zog er sie an sich heran und küsste sie lange. Sie legte ihre Arme um ihn und machte keine Anstalten, sich wieder von ihm zu lösen.

„Behalten wir diesen Abend beide in Erinnerung. Für immer. Egal, was passiert", sagte Claudia zu ihm etwa eine Viertelstunde später. Da saßen sie auf der Mauer einer Bootsanlegestelle. Sid fehlten die Worte, also wiederholte Claudia ihren letzten Satz und schaute ihm dabei ganz tief in die Augen: „Egal, was passiert. Und egal, was wir für ein Leben führen werden. Und egal, mit wem."

Dieser Blick, ihr Blick: Er hatte diese Tiefe, diese Unergründbarkeit.

Sid kannte diesen Blick von seiner großen unerfüllten Liebe in Stuttgart.

Es war, als ob sie jetzt direkt vor ihm sitzen würde.

Genau an diesem Strand von Peguera.

Sid lächelte und Claudia erwiderte es. Aber was sie nicht wusste, war, dass sein Lächeln nur zur Hälfte ihr gehörte. Die andere Hälfte seines Lächelns galt der Gewissheit, dass er endlich einen Weg gefunden hatte. Er würde seine große unerfüllte Liebe für sich gewinnen können. Er hatte jetzt den nötigen Auftrieb und das nötige Selbstbewusstsein. Und das in einem Moment des schmerzhaften Verlustes.

Die Gewissheit, dass das Leben ein permanentes Geben und Nehmen ist.

Ein perfekt eingespielter Energieerhaltungssatz.

Eine erbarmungslose Ausgleichsmaschinerie.

Davon bekam Sid in diesem Moment eine erste Ahnung.

Aber es war eben lediglich eine Vorahnung.

Nichts, was ihn auf das vorbereitete, was ihn noch alles erwarten würde.

Zum Abschied zog Claudia einen kleinen, selbst kopierten Flyer aus ihrer Handtasche. Es war eine längst veraltete Konzertankündigung für die Band „PicPac". Unter dieser Rufnummer auf der Rückseite, der Nummer des Bandleaders, könne er sie erreichen, falls er je in der Gegend sei. Sid drehte das zerknitterte Blatt in seiner Hand hin und her. Dann nickte er, lächelte unsicher und steckte es in seine Tasche. Sie nahmen sich kurz in den Arm und Sid drückte sie ein letztes Mal fest an sich. Konnte ihre Brüste spüren. Dann ging jeder in seine Richtung davon.

Als die Jungs Ende der Woche ebenfalls ihre Zelte abbrachen und sich ins Flugzeug zurück nach Stuttgart setzten, hatte Sid sich einen exakten Plan zurechtgelegt. Sofort nach seiner Rückkehr würde er seine bisher unerreichbare Liebe erobern.

Sid verbuchte die derben Späße, die seine Freunde über das abrupte Ende seiner Urlaubsliaison machten, ebenfalls als notwendige Lebenserfahrung und ließ sie tagelang über sich ergehen. Die wenigen Augenblicke mit Claudia, in der Nacht, am Strand, hatten ihn innerhalb von Minuten um Jahre reifen lassen. Im Kopf und an Einsicht. Sid war sich sicher, nun viele Zusammenhänge besser verstehen zu können; elementares Wissen angehäuft zu haben, was ihm im Schulunterricht nicht vermittelt wurde.

Die Schule des Lebens: oft davon gehört, aber immer darüber gelacht. Nun plötzlich jedoch war das sein Leitsatz. In diesem Sinne wehrte Sid auch die blöden Sprüche von Thomsen und Steff mit Leichtigkeit ab, die beide bis zum Schluss keinen Zahlungseingang auf ihrem Anbaggerkonto verbuchen konnten.

Es war so offensichtlich, dass sie seine Klassenstufe der Lebensschule noch nicht erreicht hatten. Wobei: Je länger er darüber nachdachte, umso mehr kam Sid zu dem Schluss, dass Thomsen und Steff ihre Erfahrung auf eine gewisse Art ebenfalls weitergebracht hatte. Aber auf einem ganz anderen Level und mit vollkommen anderer Perspektive. Also beschloss Sid, milde auf ihre sich ständig wiederholenden Sprüche zu reagieren und die beiden einfach reden zu lassen. Er würde spätestens ein, zwei Wochen nach ihrer Rückkehr eine ganz neue Stufe auf der Klassenleiter erklommen haben. Und dann würde er wieder von dort oben auf sie herabschauen.

::: AUGEEEEEN GERADEAUS!

Nach Sids Rückkehr wartete statt seiner großen Liebe erst einmal etwas ganz anderes auf ihn. Auf dem Esstisch sah er, nachdem er seinen Koffer abgestellt und seine Mutter begrüßt hatte, einen Briefumschlag liegen, der eine sehr aggressive, grüne Farbgebung hatte. Er war als Einschreiben gekommen und an ihn persönlich adressiert: der Einberufungsbescheid zur Bundeswehr.

Genug Zeit für ein Verweigerungsverfahren war nun nicht mehr, dafür hätte Sid ein Jahr gebraucht. Und er musste bereits knapp vier Wochen später einrücken. Also sagte er sich: „Was soll's? Ich tue ja nichts Verbotenes. Ich mache genau das, was mein Land von mir fordert, auch wenn es vollkommen gegen meine Überzeugung ist. Aber aus der Sicht des Staates mache ich das Richtige. Also mache ich es. Auch wenn es mich total ankotzt."

Das Einzige, was Sid bei diesem Gedanken störte, war der Umstand, dass es außer Thomsen tatsächlich noch ein paar andere Leute in seinem Umfeld gab, die es geschafft hatten, sich untauglich schreiben zu lassen. Sie mussten also weder die 15 Monate bei der Bundeswehr noch die 18 Monate im Zivildienst ableisten.

Die Tricks, die sie zur Erlangung ihrer Untauglichkeit erlangt hatten, sprachen sie teilweise ganz offen an: wie die guten Verbindungen von Thomsens Familie zu Ärzten, die ihnen einen Stapel von Attesten schrieben. Oder es waren perfekte Simulanten, die bei der Musterung so glaubhaft ein Gebrechen vorspielten, dass die Bundeswehrärzte vor lauter Mitgefühl eine Befreiung von allen Diensten unterschrieben hatten.

Diese Leute wurden von den meisten unter ihnen gefeiert, weil sie dem Staat ein Schnippchen geschlagen hatten. In seinem späteren Leben und mit mehr Erfahrung würde Sid sicher sein, dass sie sich einfach vor einer Aufgabe drückten. Vor allem, was den so notwendigen und sinnvollen Zivildienst betraf. Eine andere Alternative wäre gewesen – die Mauer stand noch –, sich klammheimlich nach Westberlin abzusetzen. Dort war man für das Kreiswehrersatzamt unerreichbar.

Das Vorhaben jedoch, nun endlich den entscheidenden Schritt auf seine unerfüllte Liebe zuzumachen, ging in all der Aufregung um die bevorstehende Einberufung vollkommen unter. Die Möglichkeit einer Verweigerung wurde von Sids Eltern noch einmal auf den Tisch gebracht. Ein

Schnellverfahren, koste es, was es wolle. Als überzeugte Pazifisten kamen sie überhaupt nicht damit zurecht, dass ihr Sohn demnächst ein Kommissbeutel sein würde. Das passte einfach nicht in ihr Weltbild.

Schnell wurden unter den nicht enden wollenden Diskussionen Sids Pläne begraben, Adresse und Telefonnummer seiner Angebeteten herauszufinden. Und dann endlich – endlich – eine konkrete Kontaktaufnahme einzufädeln. Er wurde von seinen Freunden belagert, die ihre Einberufungsbescheide längst vorliegen hatten. Es wurde ein Abschied vom Zivilleben nach dem anderen gefeiert und für eine kurze Phase waren sie ein letztes Mal eine eingeschworene Gemeinschaft. Aber sie ahnten, dass sie sich schon bald vielleicht für immer aus den Augen verlieren würden.

Eines jedoch nahm Sid in diesem ganzen Trubel sehr genau wahr: Er hatte auf der Klassenleiter in der Schule des Lebens innerhalb einer Rekordzeit ein paar Stufen auf einmal genommen. Aber das, was er von da oben herab beobachten konnte, passte ihm immer weniger.

Gegen alle Einwände seiner Eltern trat Sid im Oktober 1983 seinen Wehrdienst bei der Luftwaffe in Roth bei Nürnberg an. Statt in einem Krankenhaus, einem Altenheim oder einer Behinderteneinrichtung den für die Gesellschaft wichtigen Zivildienst zu leisten, stand er mit

Hunderten etwa Gleichaltriger am Stuttgarter Hauptbahnhof und wurde nach Vorlage seines Einberufungsbescheids von Militärangehörigen einem der wartenden Züge zugewiesen.

Noch waren sie alle in zivil, trugen teilweise lange Haare und hatten ein oder zwei Reisetaschen dabei, statt eines olivgrünen Seesacks. Schnell war ersichtlich, wer direkt aus Mamas Obhut hierhergekommen war und wer schon etwas von der Welt gesehen hatte. Die Mamasöhnchen würden die Ersten sein, die dort, wo sie jetzt hinfuhren, ihre Abreibung bekommen sollten. Und wenn es die militärischen Vorgesetzten nicht schafften, dann die Boshaften und Sadisten unter ihnen, die wie ehemals im Klassenzimmer nun auch hinter den Kasernentoren ihre perverse Macht ausüben würden. Nichts würde sich geändert haben. Aber jetzt waren sie volljährig, jetzt konnten die Schwachen keinen Schutz ihrer Eltern mehr erwarten.

Sid war froh, dass er in seiner frühen Jugend ein paar Jahre mit den Pfadfindern auf Tour gegangen war und demnach bei Wind und Wetter und im Gelände mit schwerem Gepäck nicht hoffnungslos verloren sein würde. Aber vom Drill, der da auf sie zukam, hatten sie alle nur eine vage Vorstellung. Und diese bewegte sich nach Berichten von älteren Freunden oder wehrerprobten Verwandten zwischen absoluter Horrorshow und eher erheiternden Episoden.

Nachdem mehrere olivgrüne Busse sie vom Zielbahnhof abgeholt und in die Kaserne gefahren hatten, bekam jeder seine Feld- und eine Ausgeh-Uniform samt Wechselhemden ausgehändigt. Dann noch einen Satz wuchtiger Unterwäsche – auch als Liebestöter bekannt –, einen Stahlhelm, Rucksack, den Seesack und diverse Ausrüstungsgegenstände. Mit diesem Berg an Kleidung und Kampf-Utensilien machte sich einer nach dem anderen in das ihm zugeteilte Quartier auf. Sid war nervös, als er die Schlafunterkunft betrat, den Gang entlangschritt und nach der Zimmernummer auf seinem Zettel suchte: Was für Leute würden ihn da auf der Stube erwarten?

Als Sid den Schlafraum betrat, raste sein Puls wie verrückt. Er hatte schon immer ein Problem damit gehabt, sich in eine größere Gruppe ihm unbekannter Personen zu integrieren. Doch nachdem er seine Sachen auf dem einzigen noch freien Schlafplatz, unten in einem Stockbett, abgelegt hatte und etwas scheu in die Runde der neuen Gesichter blickte, überkam ihn sofort ein gutes Gefühl. Sie stellten sich einander vor und Sid war erstaunt, dass auf seiner Stube Leute aus vielen unterschiedlichen Bundesländern vertreten waren.

Er nahm Dialekte wahr, die er vorher noch nie gehört hatte. Vielleicht im Fernsehen oder im Radio, ja. Aber bisher hatte er mit einer dieser ihm bis dahin unbekannten

Spezies nie direkt gesprochen. Schnell stellte sich auch heraus, dass sie alle sehr unterschiedliche Bildungsgrade und Interessen hatten. Und als später die ganze Kompanie auf dem Hof ihren ersten gemeinsamen Antritt hatte, sie die ersten scharfen Befehle befolgen mussten, und sie abends mit weiteren Kameraden ins Gespräch kamen, wurde Sid bewusst, dass hier eine bunte Truppe verschiedenster Figuren und Charaktere eine Schicksalsgemeinschaft bilden würde, die so im zivilen Leben nie aufeinandergetroffen wäre.

Was Sid darüber hinaus beruhigte, war, dass sich bei vielen – vor allem den Abiturienten – schnell herausstellte, dass sie wie er nicht aus Überzeugung den Wehrdienst angetreten hatten. Alle waren in ihren Herzen mehr oder weniger Pazifisten und hatten den Wehrdienst schlicht als das kleinere Übel angesehen. Hauptsache, nicht zu viel Zeit und Nerven mit Kriegsdienstverweigerung verschwenden und nach 15 Monaten wieder draußen sein.

Durchziehen und abhaken.

In dieser bunten Gemeinschaft, in der jeder seine ganz eigene Geschichte erzählte, fühlte Sid sich verrückterweise schnell aufgehoben. Ein Zustand, der ihn irritierte. Aber er konnte jetzt das bestätigen, was er davor oft gehört, aber nie geglaubt hatte: nämlich, dass man bei der Bundeswehr auf eine Vielfalt an Leuten traf, wie es davor nicht der Fall gewesen war und danach auch nie wieder der Fall sein würde. Und erstaunlicherweise wurden die Schwachen nicht durch die Starken und Vorlauten schikaniert, so wie Sid es viele Jahre in der Schule erfahren hatte. Zumindest, solange man denselben Dienstgrad hatte.

Damit wäre auch schon der Grund dafür genannt, warum sie sich möglichst schnell zusammenrauften. Denn dieser Grund brüllte sie Morgen für Morgen zu nachtschlafender Zeit aus dem Bett, bellte Befehle, anstatt in normalem Tonfall sachliche Anweisungen zu geben, und drillte sie, bis sie kotzen mussten oder ihnen das Blut oben zum Stiefelschaft herauslief. Fairerweise muss man anmerken, dass ihre Ausbildung bei der Luftwaffe um einiges moderater verlief, als es bei den Bodentruppen der Fall war. Aber für manchen von ihnen endete ein Ausbildungstag nicht selten vorzeitig auf der Krankenstation. Entweder durch einen Kollaps infolge zu starker Beanspruchung von Herz und Kreislauf. Oder durch Verletzungen, die sie sich bei Kampfübungen zuzogen.

Der Schlafentzug war grundsätzlich ein Problem. Nicht selten fand ein Nachtalarm statt, bei dem die Vorgesetzten zum Wecken laut brüllend die Flure der Unterkunft entlangtrampelten und mit Schöpfkellen oder Schraubenschlüsseln auf große Metalldeckel schlugen. Wenn man von diesem infernalischen Lärm aus dem Schlaf gerissen wurde, war der Rest des meist noch sehr langen Tages nicht mehr zu retten.

Die Gründe für die Nachtalarme waren rein willkürlicher Natur. Die Truppe sollte auf den Ernstfall vorbereitet werden, zum Beispiel einen überraschenden Angriff auf das Land. Aber wenn sie dann jeweils verschlafen und schlotternd in Reih und Glied auf dem dunklen Kasernenhof angetreten waren und der Spieß, wie der Kompaniefeldwebel genannt wurde, kontrollierte, ob auch jeder alle Hemdknöpfe ordentlich geschlossen und die Fußstellung beim Strammstehen vorschriftsmäßig eingenommen hatte, kam Sid sich jedes Mal wie in einem Kindergarten für Erwachsene vor. Da nahmen sich Zivilversager, wie sie sie schnell nannten, durch ein paar Balken mehr auf den Schultern das Recht heraus, sie wie einen Haufen Schwachsinniger herumzukommandieren.

Wie Sid bald feststellte, waren in den Reihen der Rekruten auch Leute, die bereits ein Universitätsdiplom vorweisen konnten. Sie hatten direkt nach der Schule einen der hochdotierten Studienplätze ergattert und waren nun dazu verdammt, direkt nach ihrem erfolgreichen Abschluss den Wehrdienst nachzuleisten. Für sie war es besonders bitter, sich in der militärischen Befehlskette ganz unten einzuordnen. Anstatt nun eine große Karriere als

Ingenieur, Anwalt oder Unternehmensberater zu starten, mussten sie hier durch den Matsch robben. Und wenn der Ausbilder, meist ein Unteroffizier ohne Hochschulreife, einen Akademiker identifizierte, ließ er ihn noch eine extra Krabbelrunde durch Staub, Matsch und Unterholz drehen.

Ihre Kampfmontur konnte man bei näherem Hinsehen eigentlich nicht als solche bezeichnen. Es gab keine gefütterten Stiefel und keine ausreichend gefütterte Jacke, was in den Wintermonaten regelmäßig zu Unterkühlung oder gar Erfrierungen führte. Man durfte gar nicht daran denken, mit dieser Ausrüstung tatsächlich in einen Kampf tief in Osteuropa geschickt zu werden. Ihre Gewehre, die sie, außer in der Freizeit, draußen permanent mit sich führen mussten und mit denen sie bei Geländeübungen eine Menge an Platzpatronen verschossen, waren mehr oder weniger Attrappen. Im Ernstfall hätten sie damit keinen scharfen Schuss abgeben können. Das erfuhren sie aber erst, als sie nach einigen Wochen das Schießtraining mit scharfer Munition absolvierten und dafür jeweils eine ganz andere Waffe in die Hand gedrückt bekamen. Davor hatte jeder sein Gewehr aber bereits fast jeden Abend komplett zerlegen und reinigen müssen.

Die Grundausbildung zum „Luftraumbeobachter" hatte

ebenfalls bizarre Züge: Sie mussten monatelang sämtliche Nato- und Feind-Fluggeräte auswendig lernen – und das lediglich anhand von Silhouetten, die in etwa die Größe eines Fliegenschisses hatten. Mit diesem Wissen sollten sie im Ernstfall im Schützengraben vor strategisch wichtigen Objekten wie Flugplätzen oder Kraftwerken liegen und fliegende Objekte bereits aus großer Entfernung als gut oder böse einstufen. Im nächsten Schritt würden dann die Flak-Geschütze ihre Arbeit machen.

„Luftraumbeobachter", kurz LRB, wurde im Spaß auch mit „Liegen Ruhen Bräunen" umschrieben. Was ihnen aber keiner erklären konnte oder wollte: Die elektronische Freund-Feind-Erkennung war bereits lange Standard. Wozu sie also noch schachtelweise Flugzeug-Quartett-Kärtchen auswendig lernen lassen? Wieder so eine Kindergartenbeschäftigung.

Bei einer Drei-Tages-Feld-Übung, in der sie das oben beschriebene Angriffs-Szenario simulieren sollten, bekamen sie dann letztlich kein einziges Flugzeug zu sehen. Nicht einmal einen Hubschrauber. Es wurde lediglich drei Tage lang eine Drohkulisse aufgebaut, die aber rein virtuell war. Von Seiten der Befehlshaber war das vielleicht gar nicht mal so unklug. Denn wenn man so wollte, waren sie hier einer Art psychologischer Kriegsführung ausgesetzt, die sie mental und körperlich meistern mussten. Aber ein tatsächlicher Angriff mit Raketen-Attrappen und Platzpatronen-Geschützen hätte einen Haufen junger Leute, die angsterfüllt in den selbstausgehobenen Schützengräben lagen und sich bei nachts minus 18 Grad nach und nach alle Gliedmaßen abfroren, sicher zielgerichteter auf den durchaus vorstellbaren Ernstfall vorbereitet. Immerhin ist es auch heute noch üblich, Spezialeinsatzkräfte von Polizei oder Militär im Training langanhaltendem Beschuss mit Übungsmunition auszusetzen, um sie so praxisnah wie möglich auf echte Einsätze vorzubereiten. Es ist ja keinem damit geholfen, wenn sich ein in der Theorie perfekt ausgebildeter Soldat beim ersten echten Feindbeschuss mit vollen Hosen hinter dem nächsten Baum versteckt.

So, wie es bei ihnen lief, hatte Sid schnell den Eindruck, dass sie im Ernstfall eher habhaftes Kanonenfutter darstellen sollten, als tatsächlich einen wertvollen Teil zur Verteidigung ihres Landes leisten zu können. Wenn man schon bei der Truppe war, so wollte man zumindest das Gefühl vermittelt bekommen, so gut es ging etwas Sinnvolles bewirken zu können. So war die glorreiche Ausbeute dieser Übung, dass über 100 Kameraden seiner und anderer Kompanien wegen der bestialischen Kälte so nah am Feuer einschliefen, dass sie mit einer Rauchvergiftung ins Lazarett eingeliefert werden mussten. Sid selbst war durch die Kälte, die man schon nach wenigen Stunden auch mit Bewegung nicht mehr aus dem Leib geschüttelt bekam, irgendwann so benommen, dass er nicht mehr klar denken konnte. In der zweiten Nacht brachten es schließlich zwei Kameraden gemeinsam nicht fertig, ihn zum Wachwechsel aufzuwecken. An ihrer Stelle wäre Sid nervös geworden und hätte vorsichtshalber einen Vorgesetzten alarmiert. Man konnte ja nie wissen: vielleicht ein medizinischer Notfall? Aber sie ließen ihn einfach schlafen und am Vormittag wachte er, glücklicherweise, von selbst wieder auf.

Die Drei-Tages-Feld-Übung war die Krönung ihrer Grundausbildung. Um dieses Manöver rankten sich viele Legenden und Gerüchte besagten, dass grundsätzlich weniger Männer aus dem Feld zurückkehrten, als sich dorthin aufgemacht hatten. Alle waren dementsprechend angespannt, als der Tag für den langen Marsch gekommen war, auch wenn die Neugier auf das große unbekannte Abenteuer in kurzen Momenten die Angst überdeckte.

Sie waren im Vorfeld auch darauf vorbereitet worden, dass sie außer von Flugzeugen von Bodenstreitkräften angegriffen werden würden. Umso größer war ihre Anspannung, zumal sie die Vorgabe hatten, dass es bei direkten Konfrontationen nicht zu ernsthaften Verletzungen kommen dürfe. Dieser reine Psychokrieg, bei dem es im Endeffekt bis zur Stunde ihres Rückmarschs auch blieb, saß ihnen allen noch lange in den Knochen. Da konnte auch die eher erheiternde Szene nur für kurze Lacher sorgen, in der ihr Spieß auf dem Höhepunkt der Schlacht mehrere Handgranaten warf, die sich nur wenige Meter von ihnen entfernt mit einem müden „Puff" in Tausende von Styroporkügelchen auflösten.

Sids Kompaniefeldwebel war eh für seinen ganz seltsamen Humor bekannt. Nachdem sie von ihm und anderen Vorgesetzten tagelang das kleine ABC beigebracht bekommen hatten, ging es schließlich auch um die richtige Verhaltensweise beim Einsatz von atomaren, biologischen und chemischen Waffen in der Praxis.

Um die Explosion einer russischen Atombombe mit anschließendem radioaktiven Niederschlag ganz in ihrer Nähe zu simulieren, mussten sie im Feld schnell ihre Regenponchos aus dem Rucksack kramen, sich auf den Boden schmeißen, den Poncho schützend über sich ziehen und mit dem Gesicht nach unten so lange liegen bleiben, bis Atomblitz und Druckwelle über sie hinweggezogen waren. Die detonierende Atombombe wurde hierbei vom Ausbilder mit einer kreischenden Handsirene simuliert, die an ein Megaphon angeschlossen war. Nachdem die Sirene verstummt war, mussten sie aufstehen und sich zu einer mobilen Dekontaminationseinheit begeben, wo sie all ihre Sachen ausziehen und dann unter Einsatz von sehr viel Seife und heftigem Bürsten all die Radioaktivität von Haut und Haaren schrubben mussten. Danach durften sie ihre, von der Kälte und vom Schrubben, feuerroten Körper abtrocknen. Die Ausrüstung, die in der Zwischenzeit – simuliert – ausgetauscht worden war, sollten sie wieder anlegen.

Der Einsatz von biologischen und chemischen Kampfmitteln durch den Feind wurde in einem Aufwasch simuliert. Hierzu mussten sie sich in „Eichmanns Hobbykeller" begeben, wie die klaustrophobische Halle von ihrem Kompaniefeldwebel genannt wurde. Nachdem alle Türen dicht verschlossen worden waren, ertönte erneut die Handsirene. Nun hatten sie etwa zehn Sekunden Zeit, ihren Stahlhelm abzunehmen, ihre Gasmasken vom Gürtel zu lösen, über den Kopf zu ziehen und ein letztes Mal auf Dichtigkeit zu überprüfen. Und schließlich den Stahlhelm wieder aufzusetzen. Dann zündete der Spieß mehrere CS-Gas-Granaten und warf sie mitten unter sie.

Jeder hatte panische Angst, dass er die Halteriemen seiner Gasmaske nicht richtig auf seine Kopfform angepasst hatte, als sie Tage zuvor dieses Szenario mehrfach trocken geübt hatten. Denn jeder kannte die Fernseh- oder Zeitungsbilder, in denen Demonstranten nach Polizeieinsätzen mit tränenden Augen und kotzend auf dem Demonstrationsschlachtfeld standen. Das „Kotzgas", wie es auch genannt wurde, war oft durch die Medien gegangen. Viele hatten auf sein Verbot hingedrängt. Aber in ihrer Einheit kam es in diesem Fall noch zum Einsatz. Zumindest wurde ihnen das so gesagt. Denn nachdem sie sich eine Viertelstunde später, zurück an der frischen Luft, alle gegenseitig mehrfach die Kleidung bis zum letzten Kotzgasmolekül abgeklopft hatten, konnte jeder erleichtert den Daumen heben und bestätigen, dass seine Maske dicht gehalten hatte.

Dieses klaustrophobische Szenario, in dem ein paar Dutzend junge Männer in Panik Schutz vor dem Gas suchen … Wenn man dies neben den Namen „Eichmann" setzt, den ihr Spieß mehrfach scherzhaft nannte. Und wenn man sich etwas in Geschichte auskannte, dann wusste man, dass Adolf Eichmann während der Zeit des Nationalsozialismus die industrielle Menschenvernichtung organisierte und mitverantwortlich für die Ermordung von sechs Millionen Juden war. Und es rief einem unweigerlich Berichte über die Gaskammern des KZ Auschwitz in Erinnerung, in denen Zyklon B nach wenigen Atemzügen die Zellatmung der Körperzellen zum Stillstand brachte und zu einem grauenhaften Erstickungstod von Männern, Frauen, Kindern führte.

Warum wurde gerade hier, bei ihrem Gasmasken-Test,

ernst gemacht?

Warum wurden da inhaltliche und bildliche Assoziationen zu einem tatsächlichen, unvorstellbar grausamen Vorgang geweckt?

Warum nicht bei einer der unzähligen anderen, teilweise lachhaften Übungen?

War das Kalkül?

Aufklärung?

Sollte es sie zum Nachdenken anregen?

Zum Recherchieren in den Geschichtsbüchern?

Oder war es einfach nur Ungeschicklichkeit?

Pietätlosigkeit?

Drastische Holocaustverharmlosung?

Eine Verharmlosung schlimmster Verbrechen gegen die Menschlichkeit?

Hätte der Spieß eine Strafverfolgung zu befürchten gehabt, wenn einer von ihnen den Mumm dazu gehabt hätte, ihn draußen zu verpfeifen?

Natürlich hatte keiner von ihnen diesen Mumm.

Jeder war ausschließlich darauf bedacht, seine Zeit hier möglichst unbeschadet durchzustehen und vor allem nicht negativ aufzufallen. Denn negatives Auffallen oder Befehlsverweigerung konnte, wenn es schlecht lief, zu einem Aufenthalt im „Café Viereck" führen, wie die kargen Arrestzellen hießen. Darüber hinaus musste man die im Arrest verbrachten Tage am Ende seiner Wehrdienstzeit nachdienen. Für jeden von ihnen, der schon vom Augenblick seines Dienstantritts die Tage bis zur Entlassung zählte, war dies eine absolute Horrorvorstellung.

Dieses Trimmen auf bedingungslosen Gehorsam fand lediglich an einem Tag eine kleine Ausnahme. Zwar mussten alle am Physical-Fitness-Test teilnehmen, der aus mehreren Ausdauer- und Kraftübungen bestand. Aber es war jedem selbst überlassen, ob er den im Test enthaltenen 1000 Meter Lauf wie vorgesehen in unter 6 Minuten und 30 Sekunden absolvierte. War das der Fall, bekam man einen Tag Sonderurlaub. Aber nicht alle waren dieser konditionellen Herausforderung tatsächlich auch gewachsen, und so gab es einige Kandidaten, bei denen fraglich war, ob sie es überhaupt schaffen würden, ins Ziel zu kommen. Da Sid zu dieser Zeit etwa 30 Zigaretten pro Tag rauchte, gehörte er zu dieser Personengruppe. Die Trinkabende im Casino taten ihr Übriges, um die Sportlichkeit jedes Einzelnen einzuschränken. Doch schließlich schleppte Sid sich wie die meisten anderen gerade noch rechtzeitig ins Ziel, auch wenn einige von ihnen sich direkt hinter der Ziellinie übergeben mussten. Für einen Tag Sonderurlaub war man jedoch in dieser dunklen Zeit bereit, selbst das Unmögliche möglich zu machen.

Nach der dreimonatigen Grundausbildung wurde Sid auf einen Fliegerhorst in der Nähe von Landsberg am Lech verlegt. Ihre eingeschworene Gemeinschaft aus Roth bei Nürnberg wurde auseinandergerissen und mit zwei verbliebenen und jeder Menge neuer Kameraden in der Schwabstadl-Kaserne neu aufgestellt.

Ihre Unterkünfte lagen knapp drei Kilometer vom Flugfeld des Jagdbombergeschwaders 32 entfernt. Die Strecke zwischen der Kaserne und dem Flugfeld in Lagerlechfeld würde Sid in den nun folgenden zwölf Monaten knapp 250 Mal zurücklegen.

Aber zuerst einmal musste er erneut für die theoretische Fahrprüfung lernen und sie dann, gefolgt von einer kleinen Probefahrt mit dem militärischen Fahrlehrer auf dem Beifahrersitz, ablegen. Der Bund wollte sichergehen, dass sie auch nichts verlernt hatten. Dann bekam Sid offiziell den Auftrag, Piloten in einem olivgrünen VW-Bus auf das Flugfeld zu ihren Maschinen oder zwischen den verschiedenen Luftwaffen-Stützpunkten hin- und herzufahren.

Gleich in der ersten Woche hatte Sid Nachtschicht. Er stand mit seinem VW-Bus auf dem Vorfeld des Towers und wartete auf einen Fahrbefehl über Funk. Meist blickte er dabei in die Dunkelheit, Richtung Flugfeld, in der sich stundenlang nichts tat. Doch wenn er Glück hatte, ging ohne Vorwarnung die Beleuchtung auf der Startbahn an, bevor wenig später eine Maschine landete.

Die Start- und Landebahn-Befeuerung mochte Sid vom ersten Moment an. Er fühlte sich jedes Mal wie in einem Film. Diese vielen kleinen, verschiedenfarbigen Lichter, die in fünf parallelen Linien bis zum Horizont leuchteten, hatten etwas von Science-Fiction. Wenn sie aufflammten, musste Sid unweigerlich an die Szene in *Close Encounters of the Third Kind* von Steven Spielberg denken, in der Militär und Wissenschaftler zwischen den gleißenden Scheinwerfern am Boden zum Himmel hinaufschauen und gebannt auf die Ankunft der Außerirdischen warten.

Auch in seinem Fall ging dann jedes Mal das Ratespiel los, welche Art von Besucher aus dem Nachthimmel herabtauchen würde: Wäre es eine amerikanische Maschine, so würden kurz nach der Landung amerikanische Transportfahrzeuge angeschossen kommen, um ihre Kameraden in Empfang zu nehmen. War es eine deutsche Transportmaschine, so musste er sich darauf gefasst machen, entweder ein paar Pakete oder sonstige Güter in Empfang zu nehmen und dann in die Kaserne zu fahren. Oder, wenn die Maschine am Boden blieb, die Piloten zu ihrer Behausung. In den wenigsten Fällen landeten nachts Kampfjets, die von einer Nachtübung zurückkamen; denn trotz der angespannten militärischen Situation in Mittel-Europa gab es doch relativ strenge Auflagen für die Ausnahmen vom Nachtstart- und Landeverbot.

In den meisten Nächten starrte Sid dennoch ausschließlich auf die dunkle Landebahn, und die Hoffnung, im nächsten Moment die Befeuerung aufleuchten zu sehen, blieb unerfüllt. Dann saß er tatenlos auf seinem Fahrersitz und fror sich den Hintern ab. Denn obwohl all ihre VW-Busse eine Standheizung hatten, war deren Nutzung strengstens verboten. Sie hatten nämlich einen Standortkommandanten, der über die Einhaltung der neuen Umweltvorschriften wachte. Das Absurde dabei war, dass die Kampfjets, die meist am Tag direkt vor ihren Augen abhoben, irrsinnige Mengen an Abgasen ausstießen und dabei ganze Badewannenladungen an Kerosin verbrannten. Das konnte man vor allem bei den F-4 Phantoms bildlich sehen, die mit eingeschaltetem Nachbrenner eine lange schwarze Rauchwolke hinter sich herzogen. Eine F-4 Phantom verbrauchte bei Überschallgeschwindigkeit weit über 50.000 Liter Kerosin pro Stunde. Bei Sids VW-Bus waren es in derselben Zeit etwa 0,5 Liter. Ein Hunderttausendstel eines dieser Kampfjets für die Standheizung.

Wenn in der Nacht einmal kein Flugzeug landete, war die einzig mögliche Abwechslung für den Empfang eines

Funkspruchs, dass der befehlhabende Stabsoffizier im Gefechtsstandbunker Zigaretten brauchte. Meist war das zwischen 2:00 und 4:00 Uhr morgens. Dann galt es nur noch kurz abzuklären, ob Sid genug Geld dabeihatte; die Marke des Vorgesetzten kannte er schnell. Sid startete den Motor und ließ diesen erst einmal laufen. Solange, bis die Warmluft kam und er die Lüftung aufdrehen konnte, um langsam wieder durch die beschlagenen und vereisten Scheiben blicken zu können. Nach dem Funkspruch sofort loszufahren und im noch kalten Luftzug zu sitzen, kam in diesem Moment überhaupt nicht in Frage. Sid war jetzt im Auftrag des Herrn unterwegs und um ihn zu erfüllen, mussten alle Rahmenbedingungen stimmen.

Er steuerte jedes Mal eine kleine Tankstelle außerhalb des Fliegerhorstes an, die auch die Nacht über geöffnet hatte. Wahrscheinlich waren Kasernenbedienstete zu dieser Stunde die nahezu einzigen Kunden. Wenn Sid den Verkaufsraum betrat, lag meist schon die richtige Sorte Zigaretten bereit, sobald er den Tresen erreicht hatte. Die zwei Nachtgestalten verstanden sich blind und warfen sich einen stummen Gruß zu. Für einen Smalltalk fehlte meist ein Thema, sie waren beide nicht in der Stimmung. Oft legte Sid dann noch drei oder vier Mars-Riegel und eine Cola dazu, für ihn die einzige Droge, um die Nacht durchzustehen.

Auf dem Rückweg passierte Sid zuerst das streng bewachte Tor zum Militärflugplatz. Wenn er Glück hatte, stand dort ein Kamerad, den er kannte und der ihn schnell durchwinkte. Hatte Sid aber Pech, schob dort ein ihm unbekannter Wachsoldat Dienst, dessen wechselnde Schichten bereits schon so lange dauerten, dass man sich ihm gegenüber keine falsche Bemerkung leisten durfte. Der sich von Tag zu Tag anhäufende Schlafmangel und der monotone Dienst konnten diese im Zivilleben meist harmlosen Mitbürger zu tickenden Zeitbomben in Uniform machen. Dann konnte es sein, dass man aussteigen musste und nach allen Regeln der Kunst schikaniert wurde. Mit vorgehaltener Waffe. Ein absurdes, sinnloses, gefährliches Theater, bei dem sie alle gegen ihren Willen zu armseligen Gauklern degradiert wurden.

Wenn Sid wieder auf dem Flugfeld war, musste er in einem kilometerlangen Bogen die Start- und Landebahn umfahren, um schließlich zum Hochsicherheitsbereich zu gelangen. Dieser war eine Festung innerhalb des bereits sehr gut geschützten Fliegerhorstes. Und um zum Gefechtsstandbunker zu kommen, musste Sid noch einmal zwei Sperrbereiche durchqueren.

Der Hochsicherheitsbereich war schon rein optisch etwas ganz anderes als der große Rest des kargen, weitläufigen Flugplatzes. Er war mit seinen in mehreren Reihen hintereinander platzierten, glitzernden Nato-Stacheldrahtrollen reines auf Hochglanz gebürstetes Hightech. Und in der Dunkelheit wurde das Konglomerat zudem durchgehend von gleißenden Scheinwerfern angestrahlt. Kam man in die Nähe dieses Komplexes, setzte jedes Mal instinktiv eine gewisse Ehrfurcht ein. Und die Angst, irgendeine falsche Bewegung oder ein falsches Fahrmanöver auszuführen, das die Wachposten in den verspiegelten Wachtürmen veranlassen könnte auszurücken und einen ziemlich in die Mangel zu nehmen. Dieser Komplex war so etwas wie die letzte Trutzburg innerhalb der gesamten militärischen Abschreckung.

In diesem Hochsicherheitsbereich östlich der Startbahn befand sich unter anderem das Sondermunitionslager, in dem kernwaffenbestückte Raketen des Typs Pershing I gelagert waren. Die Atomwaffen der US Army, die im Ernstfall unter die Flügel der deutschen Kampfjets gehängt werden würden. Es war schon absurd: Die Bundesrepublik Deutschland war selbst keine Atommacht, hatte aber auf ihrem Gebiet jede Menge Atomwaffen gelagert und sollte sie im Ernstfall im Rahmen der NATO-Nuklearstrategie „Flexible Response" mit den Flugkörpergeschwadern der Bundesluftwaffe selbst einsetzen.

Der militärische Hochsicherheitsbereich war zu großen

Teilen US-amerikanisches Hoheitsgebiet. Sid fand es jedes Mal gruselig, wenn er die letzte Sicherheitsschleuse überwunden hatte und nun wahrscheinlich nur noch einen Steinwurf von den Massenvernichtungswaffen entfernt war.

Diesen Bereich konnte er nur betreten, weil der Stabsoffizier im Gefechtsstandbunker ihn bei den Wachhabenden bereits mit Fahrzeugkennzeichen, Name und Dienstgrad angemeldet hatte. Nachdem Sid sein Fahrzeug dann auf dem Vorplatz vor einem niederen olivgrünen Gebäude abgestellt hatte, musste er an einer Gegensprechanlage am Eingang noch einmal Name und Dienstgrad durchgeben und dazu einen Code, der auf einem Kärtchen stand, das er bei Schichtbeginn beim Abholen des VW-Busses zusammen mit dem Fahrzeugschlüssel überreicht bekam. Dieser Code war jeweils nur eine Schicht lang gültig, eine Dreifaktorauthentifizierung im analogen Zeitalter sozusagen. Wenn Sid alles korrekt durchgegeben hatte, ertönte der Türsummer und eine schwere Stahltüre öffnete sich langsam. Dahinter lag in einem kleinen Vorraum der Zugang zum Aufzug.

Nachdem sich die Türen geschlossen hatten, ging es abwärts. Wie weit abwärts, konnte Sid schlecht einschätzen, da er nicht wusste, wie schnell der Fahrstuhl fuhr. Aber die Vorstellung, tief in den Bauch eines Berges hinabzufahren, ließ ihn jedes Mal frösteln.

Eines war klar: Von dort, wo er gleich aussteigen würde, wurden im Ernstfall die Strippen gezogen. Wurden in kurzen Abständen Befehle für Einsätze gegeben, die im Wirkungsraum des Warschauer Paktes schwere Schäden anrichten würden. Und wenn der Warschauer Pakt seinerseits vergleichbare Schäden bei ihnen anrichtete – als Vergeltung, oder Vergeltung für eine Vergeltung, oder als Vergeltung, die auf die Vergeltung einer Vergeltung folgte –, dann würde man hier unten von all dem physisch und akustisch wahrscheinlich gar nichts mitbekommen. Alles, was man hier unten dann sah, waren einfache grafische Schaubilder und Bewegungsmuster auf einer Vielzahl grob auflösender Monitore, während oben an der Oberfläche, wenn es schlecht lief, die Welt lichterloh brannte.

Der Befehlshabende für diesen apokalyptischen Fall begegnete Sid jedes Mal recht locker. Obwohl er sehr viele blitzende Sterne samt Eichenlaub auf seinen Schultern trug, saß er entspannt in einem gemütlichen Drehsessel und begrüßte Sid in seiner rheinisch fröhlichen Art. Als persönlicher Überbringer seiner Lieblingszigarettenmarke wurde von Sid nicht verlangt, vor ihm strammzustehen. Da entstand für ein paar Sekunden ein neutraler Raum, in dem der exorbitante Rangunterschied zwischen ihnen keine Rolle spielte. Mit einer freundschaftlichen Geste drückte der Befehlshabende Sid dann das Kleingeld in die Hand und wandte sich mit jetzt eher ernster Miene wieder der Kommandotechnik und den übrigen ranghohen Soldaten zu.

Hier unten war immer Ernstfall.

Das spürte Sid sofort.

Hier wurde jede Sekunde, rund um die Uhr und an 365 Tagen im Jahr, damit gerechnet, dass im Osten plötzlich Flugobjekte aufstiegen und sich in Richtung der Bundesrepublik aufmachten.

Dann musste in Sekundenschnelle eine Einschätzung getroffen werden, ob es sich um einen feindlichen Angriffsakt handelte und Gegenmaßnahmen ergriffen werden mussten. Daraufhin kam eine Maschinerie in Gang, die innerhalb kürzester Zeit das Ende der Welt bedeuten konnte.

Jedes Mal, wenn er wieder oben war, wunderte Sid sich, wie harmlos und friedlich alles auf dem Flugfeld wirkte. Trotz der militärischen Umgebung. Aber hier oben sah alles immer nur wie eine Übung aus. Selbst wenn vier Phantoms oder Starfighter in kurzen Abständen und seitlich leicht versetzt zueinander abhoben und dabei Unmengen verbranntes Kerosin in den Himmel bliesen.

Mit dem schalen Gefühl, lediglich für die Beschaffung einer Packung Zigaretten fast eine komplette Nacht lang aus einem eiskalten Fahrzeug heraus in die Dunkelheit starren zu müssen, machte Sid sich auf den Rückweg zum Vorfeld des zu diesem Zeitpunkt meist unbesetzten Towers.

Manchmal, wenn ihn in diesem Moment der Missmut packte, ließ er sich dazu hinreißen, auf der langen Geraden, die parallel zur Runway verlief, den VW-Bus bis zur Höchstgeschwindigkeit zu beschleunigen. Was strengstens verboten war. Und was ihm dann drohen würde, wenn sie ihn erwischten, war Sid in diesem Moment egal. Ein paar Hundert Meter hinter ihm wurde in diesem Augenblick über ein mögliches Armageddon entschieden.

Eine falsche Einschätzung, eine falsche Entscheidung, und es war für alle vorbei.

Mehrmals konnte Sid auf diesen nächtlichen Schussfahrten nur knapp einem Hasen ausweichen, der über die Fahrbahn hoppelte. Der plötzlich aus der Dunkelheit auftauchte und genauso plötzlich wieder verschwand. Und gleich in einer der ersten Wochen passierte es ihm auch im Schneegestöber, dass seine Reifen überraschend den Halt verloren und er, ohne merklich zu verlangsamen, unaufhaltsam über die Ebene schlitterte. Jeder Autofahrer wäre bei dieser Glätte und solch miesen Sichtverhältnissen nur im Schritttempo unterwegs gewesen

– wenn überhaupt. Aber Sid wog sich in dem falschen Sicherheitsgefühl, dass ihm auf der langen Geraden ohne Bäume oder Straßengräben und zu dieser Uhrzeit ohne Gegenverkehr schon nichts passieren könne. Doch als der riesige Bus sich nach einer falschen Lenkbewegung plötzlich drehte und sehr bald mit dem Hinterteil voraus über die Piste schoss, bekam Sid doch ordentlich Muffensausen.

Er wartete nur darauf, dass die bis dahin durchgehend glatte Fahrbahn durch eine griffige Stelle unterbrochen wurde. Dadurch würde sein Fahrzeug abrupt gestoppt werden, um sich im nächsten Moment mehrfach zu überschlagen. Und während dieses Szenario wie ein Horrorfilm vor Sids innerem Auge ablief, tauchten in seinem Rückspiegel plötzlich zwei Scheinwerfer auf, die bedrohlich schnell auf ihn zuschossen.

Nachdem sie wie durch ein Wunder nur wenige Zentimeter voreinander zum Stehen gekommen waren – Heckstoßstange an Frontstoßstange – stiegen aus dem anderen Fahrzeug zwei Soldaten aus. Sid machte sich auf eine Standpredigt gefasst, die sich gewaschen hatte. Er stieg ebenfalls aus und lief durch das Schneetreiben auf die beiden Gestalten zu, bei denen es sich um zwei US-Armeeangehörige handelte, die ihn ungläubig anschauten.

„Hey Guy, can we help you?", tönte es Sid entgegen, als er vor den beiden zum Stehen kam.

Er zitterte und war in Gedanken immer noch dabei, den Schleuderkurs zu verdauen, also antwortete er: „No ... thank you ... very much! I'll find my way home."

Sie grüßten zum Abschied, dann stieg jeder in sein Fahrzeug. Nachdem der Jeep an ihm vorbeigefahren war, wendete Sid vorsichtig seinen Bus und schlich mit nun wetterbedingt angepasster Geschwindigkeit weiter.

Abgesehen von den einsamen Nachtschichten, die psychisch und gesundheitlich an die Substanz gingen, war Sids Dienst in manchen, ganz wenigen Momenten tatsächlich auch spannend. Ihr Standort verfügte über eine sehr umfangreiche Starfighter-Staffel und auf dem Fliegerhorst war noch dazu eine Einheit des US-Militärs stationiert, sodass dort regelmäßig deren F-4 Phantoms und F-16 Fighting Falcons starteten und landeten.

Die F-16 hatte es Sid schnell angetan. Im Gegensatz zur bedrohlich aussehenden F-4 hatte die F-16 fast etwas Elegantes an sich. Sie hob mit einer Leichtfüßigkeit ab, ohne Anstrengung und Getöse, während sich die F-4 schwerfällig, dröhnend und dabei viel Rauch ausstoßend vom Boden wegquälte.

Der F-104 Starfighter sah hingegen aus wie ein provisorisch um eine gewaltige Rakete herum gebautes Fluggerät. In der Mitte die fauchende und feuerspeiende Röhre, links und rechts jeweils ein Stummelflügelchen und vorne drauf, unter einer kleinen Cockpithaube, der angeschnallte Pilot. Dass sich diese Röhre überhaupt fliegen und nicht nur mit vielfacher Schallgeschwindigkeit durch den Orbit schießen ließ, war für Sid ein Rätsel. Aber dass dieses Kampfflugzeug hart an der Grenze zum Strömungsabriss konstruiert war, bewiesen ja dann leider auch dessen viele Abstürze.

Unverwüstlich und kaum vom Himmel zu holen war hingegen die Thunderbolt A-10, das fliegende „Warzenschwein" der US-Luftstreitkräfte. Dieses, wenn notwendig, fast in Zeitlupe fliegende Erdkampfflugzeug war vor allem zur Bekämpfung gepanzerter Fahrzeuge am Boden vorgesehen. Man munkelte, dass das Ungetüm selbst dann noch flog, wenn ihm das Heck, ein Triebwerk und ein halber Flügel weggeschossen worden waren.

Am Boden und am Himmel über ihnen war also, zumindest tagsüber, immer etwas los. Eine Zeit lang ärgerte Sid sich tatsächlich darüber, dass er bei der Musterung nur eine 2 erhalten hatte. Und damit keine Fliegertauglichkeit. Wäre das der Fall gewesen, hätte er vielleicht versucht, sich im Nachhinein um eine Pilotenausbildung zu bewerben. Um irgendwann einen der schnellen Jets fliegen zu können. Obwohl seine pazifistische Grundhaltung nach wie vor tief in ihm schlummerte, so musste er sich doch eingestehen, dass diese fliegenden Hightech-Waffen immer noch seinen jungenhaften Spieltrieb ansprachen. Vielleicht hatte diese martialische Flugtechnik auch einfach etwas unterschwellig Erotisches an sich.

Seinen Gewissenskonflikt, diese flugwaffenverliebte Ader, die plötzlich in seiner pazifistischen Seele zu pochen begann, thematisierte Sid in dieser Zeit mehrfach auch gegenüber seiner Freundin. Und die reagierte darauf immer sehr ablehnend. Aber diese Diskussionen fanden, zu Sids allergrößtem Leidwesen, jeweils nur am immer viel zu kurzen Wochenende statt. Denn obwohl er ein paar Monate zuvor, nach über zweieinhalb Jahren, endlich seinen Schulschwarm erobert hatte, so hätte der Zeitpunkt für dieses epochale Ereignis nicht ungünstiger sein können.

Nachdem Sid sich nach seiner Einberufung und der ersten strapaziösen Zeit in der Grundausbildung ein wenig gefangen hatte, kehrte in ihm mit voller Wucht der Wille zurück, die Frau, die bis dahin für ihn so unerreichbar gewesen war, nun endlich doch für sich zu gewinnen.

Wenn er später darauf zurückblickte, so schien ihm das Ganze geradezu unwirklich:

Er war über 200 Kilometer von seiner Angebeteten entfernt, hatte dazu noch vom Standortfriseur einen wirklich grauenhaften Haarschnitt verpasst bekommen und darüber hinaus nur sehr wenig Zeit an den Wochenenden.

Und er wusste noch nicht einmal, wo sie eigentlich wohnte.

Meistens verbrachte Sid, nachdem er freitagabends total abgewirtschaftet bei seinen Eltern aufgeschlagen war, den größten Teil der Zeit mit seinen Freunden.

Alle waren froh über den Erfahrungsaustausch, denn die anderen waren ja, bis auf Thomsen, ebenfalls beim Bund oder verrichteten ihren Zivildienst.

Sid kam schnell darauf zu sprechen, dass nahezu jeder seiner Kameraden bei der Bundeswehr abends im Casino von seiner Freundin zu Hause erzählte. Einige der Kameraden, die Landeier, waren tatsächlich bereits verheiratet.

Sid wollte sich nicht mehr damit zufriedengeben, dass seine Liebe nur ein Fantasie-Produkt war. Also schlug ihm sein Freund UD schließlich vor, in seinem Auftrag einen Liebesbrief zu verfassen.

Erst lachte Sid, willigte dann jedoch ein.

Warum nicht mal so etwas Verrücktes ausprobieren?

Als Sid jedoch am darauffolgenden Tag den von UD formulierten Brief vorgelegt bekam, erschrak er: Das da war überhaupt nicht seine Art zu sprechen oder zu schreiben.

So würde er doch nie um eine Frau werben!

Es war aber nicht etwa, wie von UD zu erwarten, zu machohaft formuliert – es war ganz im Gegenteil viel zu romantisch.

Nach kurzem Nachdenken wurde Sid klar, dass es aber doch in Wirklichkeit genau darum ging:

Mit seiner eigenen Herangehensweise hatte es ja bis jetzt überhaupt nicht geklappt.

Also *musste* er schlichtweg auf ein ihm abwegig erscheinendes Konzept vertrauen.

Wenig später schrieb Sid in UDs Beisein den Text von Hand ab.

Auf einen hochwertigen, roten Briefbogen, den UD besorgt hatte.

Die Farbe schien UD notwendig, sollte doch an der Ernsthaftigkeit des Begehrens kein Zweifel aufkommen.

Dann unterschrieb Sid mit seinem Namen, und in diesem Moment wurde er total nervös: Die Vorstellung, dass *sie* am Montag oder Dienstag *seinen* Namen lesen würde, machte ihn total kribbelig.

Er faltete den Brief und steckte ihn schnell in einen Umschlag. Dabei entschied er sich, entgegen UDs Anweisungen, für ein Neutralweiß. Er wollte vermeiden, dass ihre Eltern sofort erahnen konnten, welche Art Inhalt der Brief an ihre Tochter enthielt.

Das leuchtete UD ein.

Während dieses gesamten Prozesses wischte sich Sid immer wieder hastig die Hände an seiner Jeans ab. Er war darauf bedacht, ja nichts schmutzig zu machen.

Bloß keine Schweiß- oder Fettflecken hinterlassen, das wäre ein klares Ausschlusskriterium.

Dann verschloss er den Umschlag vorsichtig, beschriftete ihn mit der Adresse, die UD nach etwas Herumfragen herausgefunden hatte, klebte vorsichtig und mit nicht zu viel Spucke eine Briefmarke darauf und ging mit dem Hoffnungsstück schließlich zum Briefkasten.

Sid schloss die Augen und atmete tief durch. Und während der Brief durch den Schlitz rutschte, schickte er in Gedanken einen Wunsch hinterher – wie beim Anblick einer Sternschnuppe.

UD klopfte ihm anerkennend auf die Schulter und sagte grinsend: „Wenn das ein Erfolg wird, vergiss mich nicht, mein Freund."

Danach machte Sid sich für die Fahrt zum Bahnhof fertig, von wo ihn der Zug zusammen mit vielen anderen Kameraden zurück zu seiner Einheit bringen würde.

Als Sid am darauffolgenden Wochenende nach Hause kam, lag bereits ein gelber Briefumschlag für ihn auf dem Esstisch.

Er sah sofort, dass eine Frau seine Adresse darauf geschrieben hatte.

Sids Herz klopfte plötzlich so stark, dass es kaum aus-
zuhalten war.

Noch bevor er seine Jacke ausgezogen hatte, nahm er
den Brief und zog sich damit in sein Zimmer zurück.

Seine Herzdame drückte in ihrem Brief sachlich ihre Ver-
wunderung darüber aus, dass Sid ihr überhaupt geschrieben hatte.

Sie hätte ihn zwar hin und wieder in der Schule wahr-
genommen und wüsste deshalb, wer er war und wie er
aussah. Aber sie wäre nie auf den Gedanken gekommen,
dass Sid etwas von ihr wollen würde.

Die ersten Sätze waren eher niederschmetternd und
Sid kurz davor, den Brief in die Ecke zu pfeffern.

Aber dann las er den Schlusssatz ganz am Ende, der
ihn unweigerlich jubeln ließ. Sinngemäß sagte er nämlich
aus, dass man sich trotz allem ja mal treffen könnte.

Und darunter stand eine Telefonnummer.

Dass Sid in den folgenden Minuten Schwierigkeiten hatte, seine Gedanken zu sortieren und die Gefühle im Zaum
zu halten, war durchaus verständlich. Auch fing er sofort
wieder damit an, im Geiste alle Möglichkeiten in die Zukunft hinein zu berechnen. Quasi ihren gemeinsamen Le-
benslauf zu entwerfen. Und das an einem Punkt, an dem

noch nicht einmal klar war, ob es überhaupt eine Zukunft geben wird.

Aber so war er nun einmal veranlagt.

Nichts zu machen.

Als er mit zitternden Händen diesen Brief in der Hand hielt und ihn wieder und wieder las, konnte er sich kaum noch kontrollieren.

Er durfte sich nun keinen Fehler mehr erlauben.

Für ihn, als jemand, der nun regelmäßig eine Waffe in die Hand gedrückt bekam, war klar, dass er nur diesen einen Schuss im Lauf hatte. Sollte Sid das Ziel verfehlen, war die Schlacht für immer verloren.

Sid lief in der Wohnung auf und ab und versuchte, Puls und Atem unter Kontrolle zu bekommen.

Als er wieder zu Luft kam, fing er an, sich die Worte zurechtzulegen, die er am Telefon sagen würde.

Schließlich nahm er den Hörer in seinem Zimmer ab und hoffte, dass seine Eltern nicht mit dem Telefon im Wohnzimmer die eine gemeinsame Leitung blockierten.

Nachdem er gewählt hatte, ertönte das Freizeichen.

Es war das längste in einer Telefonleitung, das er je erlebt hatte.

In diesem Moment schossen ihm 1.000 Gedanken durch den Kopf.

500 gute und 500 schlechte.

Und als Sid gerade der schlechteste durch den Kopf ging, wurde am anderen Ende der Leitung abgenommen.

Es meldete sich eine weibliche Stimme.

Aber die Stimme war nicht die Stimme eines jungen Mädchens.

Es musste eine Frau etwa im Alter von Sids Mutter sein.

Sid geriet ins Schleudern und regte sich darüber auf, dass er nicht damit gerechnet hatte, dass statt seiner Angebeteten einer ihrer Eltern oder Geschwister ans Telefon gehen würde.

Dann atmete er einmal tief durch und verlangte in knappen Worten, Hannah zu sprechen.

Die Frau gab zu verstehen, dass sie nach ihrer Tochter schauen würde, dann hörte Sid, wie der Höher beiseitegelegt wurde.

Dieses charakteristische Geräusch.

Zwei kurz aufeinanderfolgende, etwas tiefere, klackende Töne.

Wenn erst die Sprechmuschel, dann die Hörmuschel die Tischplatte berührte.

Die Sprechmuschel deshalb, weil unterhalb das Kabel angebracht war, das zum eigentlichen Telefonapparat führte.

Und Leute, die den Telefonhörer ablegten, ihn meist so

ablegten, als wollten sie die Hörmuschel schützen.

Offenbar war alles, was mit den Ohren zu tun hatte, für viele Leute sensibler als die Dinge, die man mit dem Mund benutzte.

Was keinen Sinn machte, denn durch den Mund kam Luft, die sauber sein sollte und Essen, das nicht verdorben sein sollte. Ferner Getränke, die ...

„Hier ist Hannah, Sid, bist du es?"

...

Diese junge Frauenstimme zu hören, die seinen Namen sagte.

Und die ihren Namen sagte ... also denjenigen, der ihm nun seit unerträglichen zweieinhalb Jahren im Kopf umherspukte ...

... beide Namen zusammen im selben Satz.

Die Begrüßung schien geradezu unwirklich, aber es war tatsächlich so.

Als habe sie ihn erwartet, oder noch besser, als habe sie ihre Mutter auf seinen Anruf vorbereitet. Und so lief dann auch ihr erstes Treffen gleich am folgenden Tag ab. In „Mövenpicks Marché", wo zu dieser Zeit nahezu jeder zum Essen hinging.

Sie trafen sich nachmittags vor dem Eingang und verstanden sich sofort prächtig. Es war fast wie eine Begegnung von alten Freunden. Sie redeten viel über die Schulzeit, die für Hannah noch nicht beendet war. Dann schilderte Sid ihr nach und nach, wo er sie im Laufe der Jahre überall gesehen hatte: mal aus der Nähe, in oder vor der Schule, mal aus der Ferne, in der Stadt oder in einem Buchladen. Und wenn sie sich hin und wieder direkt begegnet waren, er jedes Mal den Eindruck hatte, dass sie ihn so intensiv anschaute, als ob sie ihn mit ihrem Blick aufsaugen wolle.

Sie lachte und meinte, dass das sicherlich jeweils nicht so gemeint war. Sie würde einfach so gucken und manchmal begegnete sie jemandem, bei dem sie sich nicht sicher war, ob sie ihn oder sie kannte. Diese Person fixierte sie dann einfach etwas länger.

Dieser intensive Blick von ihr auf ihn, auf den Sid sich viele Jahre so viel eingebildet hatte, war tatsächlich überhaupt nichts wert.

Er hatte überhaupt nichts ausgesagt, was sie und ihn betraf!

Während er in Sid bei jeder Begegnung alles durcheinandergewirbelt hatte: Gefühle, Gedanken, Möglichkeiten, Emotionen, die Libido.

Aber immerhin: Er hatte sie nach seiner unendlich langen Leidensphase schließlich an diesen Ort gebracht.

Zusammen.

Sich gegenübersitzend.

Und da sie sich wirklich gut unterhielten, obwohl sie irgendwie doch aus zwei unterschiedlichen Welten zu stammen schienen, verabredeten sie sich für das folgende Wochenende wieder.

Der einzige Kritikpunkt seiner neuen Bekanntschaft war, dass Sid zur Bundeswehr ging. Er dachte immer, dass *er* aus einem pazifistischen Elternhaus stammte. Aber als sie erzählte, dass ihre Mutter aktiv in der Friedensbewegung tätig war, dort Rundschreiben organisierte und an Friedensmärschen teilnahm – da wurde Sid bewusst, dass es nicht einfach werden würde, sich innerhalb dieser Familie zu positionieren.

Dass nicht er selbst den Brief an sie formuliert hatte, war nie ein Thema. Es stellte auch kein Problem dar, da Sid nun, wo er seine Traumfrau endlich in erreichbarer Nähe hatte, so schnell an Selbstbewusstsein gewann, dass er mit dem überzogenen Selbstwertgefühl seines Freundes UD zumindest in Hannahs Nähe weitgehend mithalten konnte. Insofern waren dessen schnittige Worte, die gleichzeitig eine unglaubliche Wärme in sich bargen, ganz schnell auch Sids Worte geworden.

... More than this ...

Die Zeit bis zum nächsten Wochenende saß Sid dann einerseits auf einer Pobacke ab.

Andererseits aber auch auf einem flammenden Stuhl.

Ihn beflügelte die endlich Wirklichkeit gewordene Begegnung mit Hannah.

Daher malte er sich permanent aus, was bis zum Freitagabend alles schiefgehen könnte.

Doch es klappte dann tatsächlich alles so wie besprochen. Sie gingen zusammen ins Kino und, da sie immer noch zu Hause bei ihren Eltern übernachten musste, verabredeten sich gleich für den darauffolgenden Tag wieder.

Sids Eltern waren an diesem Wochenende nicht zu Hause, weshalb sie sturmfrei hatten. Nachdem er Hannah, wie allgemein üblich und der Höflichkeit geschuldet, seine Briefmarkensammlung gezeigt hatte – sprich Bücher, CDs und Fotos –, küssten sie sich schließlich.

Damit war zumindest schon einmal ein ernsthafter Anfangspunkt gesetzt. Denn seine neue Freundin machte Sid, als er noch etwas weitergehen wollte, auf charmante Art klar, dass sie noch keine Pille nahm. Sie sei noch nicht ganz volljährig und von einem Arzt würde sie nur ein Rezept bekommen, wenn sie von ihrer Mutter dafür die Erlaubnis bekäme.

Aber das könnten sie vergessen!

Wenn Sid also mit ihr zusammen weitergehen wollte, müsste *er* für Verhütung sorgen, oder sie müssten eine andere Lösung finden. Welche das auch immer wäre.

Er war baff, dass sie so abgeklärt über dieses heikle Thema sprach.

Für ihn selbst war das eine unangenehme Sache.

Aber andererseits war ihm bewusst, dass Hannah äußerst clever und gebildet war und damit weit weg von jeder Naivität.

Hormone, Libido, Emotionen hin oder her.

Sid war sich nicht sicher, ob es wirklich Gesetz war, dass sie als Minderjährige ohne Einwilligung der Eltern keine Pille verschrieben bekommen konnte. Aber er hinterfragte ihre Worte nicht und versuchte, das Beste daraus zu machen.

Was er an diesem Nachmittag aber nicht zu Hause hatte, waren Kondome.

Sid hatte bewusst nie welche gekauft, weil er es immer für ein schlechtes Omen hielt.

Dieses „Allzeit bereit" hatte für ihn etwas Anrüchiges.

Und gerade im Zusammenhang mit dieser tollen Frau war es das Letzte, was Sid damit assoziieren wollte. Vor allem wäre es aus seiner wohlmeinenden Sicht ein vollkommen falsches Zeichen gewesen, jetzt – in dieser Situation – eine Schublade zu öffnen und ein Päckchen Pariser herauszuziehen. Das hätte gegenüber Hannah den Eindruck erweckt, als ob er das schon öfter gemacht hätte. Mit diversen anderen Frauen. Und genau das wollte Sid nicht.

Man konnte es naiv oder weltfremd nennen – oder vielleicht auch nur sentimental:

aber Sid wollte Hannah einfach beweisen, dass er auf sie gewartet hatte.

Ausschließlich auf Hannah.

Aber sie wurden sich dann in den folgenden Wochen doch noch handelseinig.

Nachdem Sid auf einer Bahnhofstoilette, mit Schamröte im Gesicht, umständlich eine Packung Kondome aus einem Automaten gefummelt hatte, kamen sie schon bald zu dem Schluss, dass das Gummi ihr Liebesspiel irgendwie störte. Sie wollten es nicht einfach nur schnell „machen". Sie wollten Leidenschaft aus einem Guss und dazwischen keine umständliche Pause einlegen.

Schließlich brachte Hannah ihre Tante dazu, sie zu deren Frauenärztin zu begleiten.

Sie machte das bereitwillig für ihre Nichte und wenig später waren dem Liebesspiel keine Grenzen mehr gesetzt.

Die Diskrepanz bei der Geschichte war, dass dies genau *die* Tante sein würde, die Hannah eineinhalb Jahre später in die Toskana begleitete. Und sie muss dort sehr genau beobachtet haben, was ihre Nichte trieb.

Sid verstand sich mit Hannahs Tante immer äußerst gut. Sie war ihm sehr zugewandt, interessierte sich für ihn und seine Themen. Sie war um Lichtjahre offener als Hannahs Eltern, bei denen Sid ständig das Gefühl hatte, dass sie vor allem darauf aus waren, Fehler und Schwächen bei ihm zu finden. Hannahs Tante hingegen gab Sid das Gefühl, auf seiner Seite zu stehen.

So konnte man sich täuschen ...

Insgesamt war die Liebe zwischen Hannah und Sid, so wie er es empfand, perfekt. Nicht mit der kleinsten Schattierung versehen. So stand er die Tage bei der Bundeswehr bis zu ihrem jeweils nächsten gemeinsamen Wochenende irgendwie durch. Auch wenn ihm die Sinnlosigkeit des Dienstes zunehmend zu schaffen machte.

Also stieg Sid irgendwann bei Fuhren, die er mit den

Piloten zu ihren Kampfjets machte, mit aus und vertrat sich etwas die Beine. Eine kleine Abwechslung innerhalb der eintönigen Routine.

Wie beiläufig legte er dann seine Hand an den stählernen Rumpf einer der Maschinen. Er ertrug den Gedanken nicht mehr, sich lediglich vorzustellen, wie sich das anfühlte.

Er hatte lange genug gewartet.

Und diese kalte Aluminiumlegierung fühlte sich einfach verdammt gut an.

Die langgezogene Rundung der dicht aneinandergefügten Rumpfschalen, die fast nahtlos in die tiefen, dunklen Lufteinlässe des Triebwerks übergingen, waren ganz anders, eher feminin, als die Waffen, die man Sid bis dahin in die Hand gedrückt hatte.

Am Anfang hatte Sid noch Angst, dass er von einem der Piloten oder Mechaniker einen Verweis erhalten würde, wenn er ihren fliegenden Bräuten so nah kam. Aber schnell stellte sich heraus, dass sie das locker sahen oder gar nicht wahrnahmen. Solange Sid nicht mit dem VW-Bus beim Rangieren einen der Flügel touchierte oder seine Kippe in eines der Triebwerke schnippte, war offenbar nahezu alles erlaubt.

Einmal gestattete man Sid auf Nachfrage auch, die ans Flugzeug herangefahrene Trittleiter hochzuklettern und ins geöffnete Cockpit einer der Starfighter zu gucken. Da fragte er sich unweigerlich, wie man es in diesem engen Gehäuse aushalten und vor allem, wie man mit den klaustrophobisch dicht angeordneten Instrumenten und Steuerelementen die Maschine navigieren und fliegen konnte. Immerhin war sie über 2.000 km/h schnell – zweifache Schallgeschwindigkeit. Da musste man als Pilot vor allem im Tiefflug im Kopf jedes Flugmanöver lange im Voraus entschieden haben. Und dann, wenn man schließlich den Steuerknüppel ganz leicht in die vorher festgelegte Richtung bewegte, würde man im selben Moment schon knapp einen Kilometer weitergeflogen sein. Jede kleine Erhebung in der Landschaft, dort vorn am Horizont, würde bereits wieder hinter der Maschine verschwunden sein, bevor sie sich richtig ins Gedächtnis eingeprägt hatte.

Was Sid beim Blick ins Cockpit auch ins Auge fiel, war der Sicherungsstift mit dem roten Band unter dem Sitz. Der war für den Fall gedacht, dass der Pilot – oder jemand Unbefugtes wie Sid – aus Versehen im Stand den Hebel für die Auslösung des Schleudersitzes betätigte, wie ihm der Flugzeugmechaniker erklärte. Da der Schleudersitz im Notfall durch einen kleinen Raketentreibsatz aus dem Cockpit herausgeschossen werden würde, würde eine Person, die zu diesem Zeitpunkt in der Maschine säße oder sich gerade darüberbeugen würde, schlimmstenfalls an der Decke des Hangars zermalmt werden. Der Mechaniker machte eine Geste des Bedauerns, als er dies erklärte.

Trotz dieser Vorstellung, die auch die gefährlichen Aspekte der faszinierenden Flugtechnik ins Gedächtnis rief, hatte Sid also gewisse Schauwerte während seines Dienstes. Aber er empfand die Tage und Wochen bei der Bundeswehr dennoch mehr und mehr als verlorene Lebenszeit.

Die Wartezeiten zwischen den Einsätzen wurden immer länger, je mehr Frischlinge in ihre Einheit kamen. Den größten Teil des Tages saßen sie nun in einer Holzbaracke, die im Winter lediglich von einem Ölofen beheizt wurde, was die Luft zum Schneiden machte.

Am Anfang nahm Sid sich noch den SPIEGEL oder die ZEIT aus der Bahnhofsbuchhandlung mit. Aber schon bald überflog er nur noch die Bild-Zeitung, die irgendein Kamerad mitgebracht hatte. Mit dem Wechsel in die Einheit im Lechfeld war leider auch das Bildungsniveau deutlich gesunken. Hier gab es kaum noch jemanden, mit dem er sich wie in der Grundausbildung über hochtrabende Themen außerhalb der Kaserne unterhalten konnte.

Spaß machte schnell nur noch das allabendliche Saufen mit den Kameraden im Casino. Vor Beginn des Wehrdienstes trank Sid im Gegensatz zu seinen Freunden so gut wie keinen Alkohol. Ihre Whiskey-Cola-Tour in Peguera war da eine absolute Ausnahme. Nach ein paar Monaten beim Bund soffen sie sich dann aber fast regelmäßig gegenseitig unter den Tisch.

Am perfidesten waren die Trinkspiele, bei denen ein Schnapsglas in einer Mass Bier stand, die reihum ging. Wenn einer die Mass austrank, musste derjenige eine neue Runde bezahlen, der vor ihm saß. Kippte das Schnapsglas innerhalb der Mass um, bevor das Bier so weit ausgetrunken war, dass der Rand des Schnapsglases frei lag, musste er zwei neue Runden bezahlen.

Die erste Regel hatte zur Folge, dass einige von ihnen die Mass Bier auf einen Zug austranken, nachdem höchstens zwei oder drei Leute vor ihnen nur leicht daran genippt hatten. Derjenige der das fast volle Glas geleert hatte, verabschiedete sich dann kurz auf die Toilette, um dort die ganze Ladung wieder auszuwürgen. Spätestens bei der übernächsten Runde war er dann wieder mit dabei. Das ging jeden Abend so lange, bis das Casino zumachte.

Auf dem Weg vom Casino zurück zur Unterkunft kam es dann zu regelrechten Brechorgien, bei denen sie vom Wachhabenden nach und nach aus den Gebüschen gezogen und in ihre Schlafräume bugsiert werden mussten. Meist hatte das keine Konsequenzen, da der Wachhabende nur einen Rang über ihnen stand und man sich kannte. Jeder in ihrer Kompanie war Teil dieses Spiels. Jeder unterstützte oder tolerierte es stillschweigend. Allen war klar, dass diese Zeit dort auf dem kargen Gelände in den gesichtslosen Kasernengebäuden nicht anders zu ertragen war. Vor allem, wenn an grauen Tagen der scharfe Wind über die baumlose Ebene pfiff.

Wenn sie abends sicher waren, dass sich kein Vorgesetzter mehr im Haus befand, kegelten sie. Dazu wurden am Ende des langen Flurs vor den Schlafräumen sechs leere Bierflaschen in Form eines Dreiecks aufgebaut und jeder holte seinen Stahlhelm aus dem Spind. Dann ließen sie die stählernen Kopfprotektoren mit Schwung über den Steinfußboden schlittern. Der Lärm, der dabei entstand, und das anwachsende Scherbenmeer am Ende des Flurs, waren apokalyptisch. Es gab immer genug ausgetrunkene Flaschen im Haus, da einige unter ihnen das Casino mieden, Geld sparen wollten und alleine oder in kleiner Gemeinschaft im Aufenthaltsraum tranken, in dem der Fernseher hing. Am Schluss eines solchen Kegelabends wurde dann immer zusammengelegt, um den Kameraden den entstandenen Schaden durch das nicht mehr einlösbare Flaschenpfand zu ersetzen.

Während der Grundausbildung wären die geschilderten Exzesse nicht möglich gewesen, denn da standen sie jede Sekunde unter Beobachtung. Ein falscher Schritt, ein unnötiger Mucks und sie hatten mit einer Strafe zu rechnen, die noch gefürchteter war als ein Aufenthalt im „Café Viereck": nämlich Wochenenddienst.

Der kam einem Todesurteil gleich, da sie dadurch von den Freunden oder der Liebsten zuhause länger als erträglich abgeschnitten waren. Zwei Wochen am Stück bei der Truppe veränderten einen. Die waren unmenschlich.

Sid und seine Kameraden konnten die Zeit dort zwar irgendwie rumbringen. Aber wie. Sie gingen zwar noch aufrecht, aber innerlich mutierten sie zu einer Art Zombie. Jemand, der nach und nach den Bezug zum realen Leben und seine ursprünglichen Ziele aus den Augen verlor. Und wenn sie dann am Wochenende zuhause wieder so langsam auf die Füße kamen, war der Aufenthalt auch schon wieder vorbei. Erst sonntagnachmittags, kurz vor der Fahrt zum Bahnhof, tauchten da im Kopf oft zaghaft erneut die ersten Ideen auf, was sie beruflich einmal machen oder wie ihr Leben später aussehen könnte. Zwischen Sonntagabend und Freitagabend der Folgewoche herrschte zwischen den Ohren gähnende Leere. Da war kein Platz für Ideen, Visionen oder Pläne. Nichts, woraus sie sich hätten bilden und dann sukzessive weiterentwickeln können. Es galt lediglich, jeden Tag in der trostlosen Umgebung so gut wie möglich durchzustehen.

Doch es gab, wie angedeutet, auch ein paar Situationen,

die anders und sogar aufschlussreich waren. Auch wenn es sich oft nur um Minuten oder wenige Stunden innerhalb der unerträglich langen Dienstzeit handelte.

Die meisten Piloten erwiesen sich auf den Fahrten zwischen den Standorten eher als begeisterte Flieger denn als ausschließlich überzeugte Soldaten. Natürlich hätte keiner dieser Vorgesetzten mit viel Lametta auf den Schultern dies Sid gegenüber offen ausgesprochen. Aber zwischen den Zeilen, oder wie sie untereinander sprachen und erzählten, wurde dies für ihn immer offensichtlicher.

Im Spätsommer 1984 fuhr Sid schließlich einen Piloten, der auf ihrem Fliegerhorst bereits eine traurige Berühmtheit war: wenige Wochen zuvor, am 10. Juli, war er mit seinem Starfighter abgestürzt, nachdem das Triebwerk bei einem Navigationstiefflug über Schleswig-Holstein ausgefallen war. Ursache dafür war ein Bolzen, der beim Start von dem Marinefliegerhorst hochgewirbelt worden und in den Verdichter geraten war. Der Kampfjet stürzte bei Groß Sterneberg in der Nähe von Stade ab, schlug auf einer Wiese auf und rutschte in ein Bauernhaus. In den Trümmern starb eine Frau, ihr Lebensgefährte erlag wenig später im Krankenhaus seinen schweren Verletzungen. Die Frau wurde nur 31, der Mann 38 Jahre alt. Der Pilot hatte sich vor dem Aufschlag mit dem Schleudersitz retten können.

Der Absturz war lange durch die Medien gegangen.

Fernsehen und Zeitungen berichteten darüber. Diesen noch jungen Piloten – er war 28 Jahre alt und Oberleutnant – hinter sich auf der Rückbank sitzen zu haben, war ein seltsames Gefühl. Sid mochte ihn auf den ersten Blick, was auch an dessen Art lag. Er unterhielt sich lebhaft mit seinen Fliegerkameraden und wenn man ihn so im Rückspiegel betrachtete, konnte man den Eindruck gewinnen, dass er kein Wässerchen trüben konnte. Wenn er nicht redete, bemerkte Sid jedoch sofort die Leere in dessen Gesicht. Offenbar versuchte er durch Reden seine dunklen Gedanken zu vertreiben.

Für jemanden, der nicht beim Militär war, würde diese Situation seltsam anmuten. Wie konnte es sein, dass der Pilot, der mit seinem Jet kurz zuvor zwei Menschen getötet hatte, hier so sorglos das nächste Flugzeug bestieg? Warum hielt ihn niemand davon ab? Warum saß er auf keiner Anklagebank?

Sids Erinnerungen an die Medienberichte drücken genau diese Frage aus. Da war der Oberleutnant teilweise als Mörder dargestellt worden. Und die Bundeswehr als eine Killertruppe. Aber man muss sich vor Augen führen: Sie befanden sich auf dem Höhepunkt des Kalten Krieges. Zwar gab es eine sehr starke und laute Friedensbewegung, die alle Armeen dieser Welt lieber heute als morgen abschaffen wollte. Und mit dieser Forderung – oder diesem Wunsch – hatten sie ja absolut recht. Aber bei

Licht betrachtet standen da noch eine hohe Mauer und ein langer Grenzzaun mit Selbstschussanlagen dahinter, die ihr Land teilten. Und gleich dahinter die Armeen des Warschauer Pakts, die keinen Zweifel daran aufkommen ließen, dass sie die Bundesrepublik bei der geringsten Schwäche des Nordatlantischen Bündnisses überrollen würden.

Einer der Kameraden erzählte Sid später, dass er den 28-jährige Oberleutnant ebenfalls gefahren hatte. Und vor dem besagten Absturz in Norddeutschland habe dieser bereits schon einmal einen Starfighter in den Boden gerammt. Noch ein weiterer, also ein dritter Ausstieg mit dem Schleudersitz, und er konnte seine Fliegerlaufbahn sofort an den Nagel hängen.

Bei jedem Ausstieg wird der Schleudersitz durch den Raketentreibsatz mit großer Wucht aus dem Flugzeug hinausgeschossen. Dabei entstehen kurzzeitig Fliehkräfte von bis zu 20 g – also der 20-fachen Erdschwerebeschleunigung oder das 20-fache des eigenen Körpergewichts. 9 g in eng geflogenen Kurven reichen schon aus, damit selbst ein erfahrener Jetpilot das Bewusstsein verliert. Um das zu verhindern, trägt er einen Anti-g-Anzug, der ein Absacken des Blutes aus den oberen Körperregionen – und damit aus dem Kopf – nach unten verhindert. Doch gegen 20 g gibt es keinen Schutz. Da verlieren die meisten Piloten das Bewusstsein und erlangen es oft erst wieder, wenn sie am Fallschirm hängen, der sich ab einer voreingestellten Höhe selbst öffnet.

Dieses raketenbetriebene Himmelfahrtskommando ist notwendig, damit der Pilot nicht vom steil aufstehenden T-Leitwerk am Heck des Starfighters zerstückelt wird, wenn der trudelnde und unter Umständen bereits brennende Jet unter dem Piloten durchtaucht. Doch bei diesem Herauskatapultieren mit 20 g wird die Wirbelsäule jedes Mal mehrere Zentimeter zusammengestaucht, wovon bei den meisten Piloten nach der Landung eine Verkürzung von je etwa 1 cm dauerhaft erhalten bleibt und sich bei mehreren Notausstiegen summiert.

Sids Begegnung mit dem auf den ersten Blick sympathischen Bruchpiloten klingt fast unglaublich. Aber wenn man bedenkt, dass von den 916 von der Bundeswehr beschafften F-104 Starfightern insgesamt ein Drittel abstürzten und der Betrieb trotzdem jedes Mal fast ohne Verzögerung weiterging, wird man auch verstehen, dass der Oberleutnant nur wenige Wochen nach seinem fatalen Absturz bereits wieder im Flugdienst war. Die Bundeswehr musste zusammen mit der NATO rund um die Uhr abwehrbereit sein. Trotzdem darf nicht unerwähnt bleiben, dass bei Abstürzen des Starfighters, trotz Schleudersitz, insgesamt 116 Piloten ums Leben kamen.

Dies brachte dem Flugzeugtyp sarkastische Bezeichnungen wie Witwenmacher, Erdnagel, fliegender Sarg oder Sargfighter ein. Ein Kamerad von Sid nannte ihn immer „Starficker". Für das Milieu bei der Bundeswehr noch ein vergleichsweise harmloser Begriff, wenn Sid an die extrem obszönen und sexistischen Sprüche dachte, die zu Hunderten die Toilettenwände zierten. Die Bundeswehr: zu diesem Zeitpunkt ein gigantischer Haufen notgeiler Männer.

Während der langen Tage des Wehrdienstes reifte in Sid dann doch nach und nach eine Idee, die seine spätere berufliche Laufbahn betraf. Lange blieb es nur ein vager Gedanke, der durch das stupide Tagesgeschäft immer wieder schnell verschüttet wurde. Aber dann kam ihm plötzlich in den Sinn, dass eine Möglichkeit doch zum Greifen nah lag. München war, vom Lechfeld aus gesehen, nicht weit weg. Und dort befand sich, das wusste er, die Hochschule für Fernsehen und Film.

In der Dienstzeit nach außen zu telefonieren, war nur mit Erlaubnis gestattet. Also ging Sid zu seinem Vorgesetzten und bat ihn darum, ein informelles Telefonat führen zu dürfen. Von einem Münzfernsprecher rief er die fragliche Hochschule an und erkundigte sich nach einem Beratungstermin. Kurze Zeit später nahm er einen halben Tag Sonderurlaub. Für wichtige Termine im Zusammenhang mit anschließendem Studium oder Beruf war dies erlaubt. Allerdings wurde ihm mehrfach eingetrichtert, ja das Bestätigungsschreiben, das er mitbekam, von der Hochschule beglaubigen zu lassen. Das Schreiben war auch dafür gedacht, gegenüber Feldjägern zu beweisen, dass er mit Erlaubnis seiner Einheit unterwegs war. So würden sie ihn nicht auf der Stelle einkassieren, weil sie davon ausgehen mussten, dass er sich unerlaubt von der Truppe entfernt hatte.

In München ermutigte man Sid dazu, an dem offiziellen Bewerbungsverfahren teilzunehmen, das die HFF jedes Jahr von Mitte November bis Ende Februar laufen hatte. Man machte ihm aber auch klar, dass man bereits fundierte Grundlagen im Filmverständnis und vor allem sehr viel Talent mitbringen musste. Von weit über Tausend Bewerbern wurde im Schnitt nur eine Hand voll aufgenommen. Der Konkurrenzdruck war extrem und man musste einige Vorleistungen erbringen, um überhaupt in die Hauptrunde des Verfahrens eingeladen zu werden.

Sid war erst einmal schockiert, als er im Zug zurück zur Kaserne saß. Ihm war schlagartig klar geworden, dass da draußen im Filmbusiness niemand auf ihn wartete. Vielmehr war es nun an ihm, die Welt von dem zu überzeugen, was er dem deutschen Film Wichtiges beizusteuern hätte.

Am Wochenende nach seinem Beratungstermin traf er sich mit seinen Freunden.

UD, der Unverzagte und Optimistische, ließ durchblicken, dass er ebenfalls vorhätte, sich in München zu bewerben. Er hatte sich heimlich die Bewerbungsunterlagen schicken lassen und bot Sid mit einem Augenzwinkern an, sie für ihn zu kopieren. Sid schaute ihn etwas fragend an. UD wusste sofort, worauf Sid hinauswollte. Dass er ihm bisher von seinen Plänen nichts erzählt hatte, lag vor allem daran, dass Sid ja nur noch *Hannah* im Kopf hätte.

Da war etwas Wahres dran.

Sogar mehr, als Sid sich bis dahin eingestehen wollte.

Aber als UD ihm diesen Aspekt nun so unverblümt unter die Nase rieb, wusste Sid nicht, was er darauf antworten sollte.

An den darauffolgenden Wochenenden trafen UD und Sid sich regelmäßig, um einen Plan auszuarbeiten, wie sie – jeder für sich, aber doch mit einer gemeinsamen Strategie – die umfangreiche Aufgabenstellung der HFF bewältigen konnten. Darin musste man fundierte Abhandlungen im Zusammenhang mit Filmgeschichte und darüber hinaus das Exposé für einen Kurzfilm verfassen. Als ob das nicht schon schwierig genug gewesen wäre, musste man als Krönung aber auch noch eine Szene seines Exposés ausarbeiten und sie in Dialogen und exakten Regieanweisungen zu Papier bringen. Doch damit war man in der Aufgabenliste erst im Mittelteil angekommen: Jetzt sollte man die ausgearbeitete Szene auch noch verfilmen.

Sid fluchte laut, als er in UDs Gegenwart diesen Teil der Bewerbungsunterlagen durchlas. Wie sollte man das denn ohne eigene Filmkamera schaffen? Und selbst wenn man eine hätte: Wer sollte das alles bezahlen?

UD grinste Sid an und riet ihm, das Formular noch einmal genau durchzulesen. Sid stellte daraufhin fest, dass mit der Verfilmung der selbst ausgearbeiteten Szene in Wirklichkeit eine Fotogeschichte gemeint war.

Er lehnte sich zurück und zündete sich eine neue Zigarette an.

Der Aschenbecher in UDs Zimmer quoll bereits über.

„Das müsste zu machen sein", ließ er UD wissen und nahm dann einen tiefen Zug.

„Nur: Ich muss ja erst einmal eine Idee finden."

UD blickte ihn lange an, dann gestand er Sid, dass er alles bereits in Notizen festgehalten hatte. Er hatte auch schon Fotolampen besorgt und ein paar Leute engagiert, die für die Spielszenen vor der Fotokamera posieren sollten. Er würde nur noch bis Mitte Januar brauchen, dann wäre alles im Kasten: „Und wenn du, Sid, das auch schaffen möchtest, musst du viel von deiner Zeit mit Hannah abschneiden."

Das „Abschneiden" der Zeit war dann schließlich das geringste Problem.

Sid hatte nur wenig des ihm zustehenden Urlaubs bei der Bundeswehr verbraucht und konnte seinen Wehrdienst einige Tage vor dem offiziellen Ende beenden. Wieder zuhause genoss er die Zeit mit seiner Freundin in vollen Zügen. Aber das Glücksgefühl, das ihn nun dauerhaft durchflutete, brachte auch einen Negativ-Gedanken zutage. Was würde er nur ohne seine Liebste in München tun, während sie in Stuttgart ihr Abitur machte?

Fast jeder, dem Sid in den darauffolgenden Jahren von seinem Dilemma erzählte, schüttelte den Kopf. Man bestätigte ihm ohne Umschweife, dass er letztendlich eine fatale Entscheidung getroffen hatte. Diesen kapitalen Fehler machte, den er bis heute bereute. Wie er sich Woche um Woche davor gedrückt hatte, die vielen Ideen, die er im Zusammenhang mit dem Bewerbungsverfahren entwickelt hatte, endlich zu Papier und schließlich vor die Linse seiner Kamera zu bringen. Dass er es zumindest nicht einmal versucht hatte auszutesten, ob sie ihn überhaupt für talentiert genug hielten. Den Studienplatz hätte er ja immer noch ablehnen können.

Aber einen sicheren Studienplatz an einer europaweit derart herausragenden Hochschule lehnt man nicht ab. Sid zumindest hätte das nicht übers Herz gebracht. Die

Zusage hätte ihn vielmehr in ein tiefes Unglück gestürzt, bei dem er sich zwischen Kunst und Karriere oder der Liebe hätte entscheiden müssen.

„Für eine Frau würde ich doch nicht meine Karriere ruinieren!"

„Für einen Typen würde ich doch nicht meine berufliche Entwicklung aufs Spiel setzen!"

Das bekam Sid in der Folgezeit oft zu hören.

Auch später konnte er von diesem folgenschweren Punkt in seinem Leben, seiner Karriere, nicht erzählen, ohne dass er die Reaktion seines Gegenübers nicht schon exakt voraussagen konnte.

Aber: Die Zeit bei der Bundeswehr hatte ihn psychisch dermaßen mürbe gemacht, dass er sich nicht vorstellen wollte, sich gleich danach wieder auf unsicheres Eis zu begeben.

Und das unsichere Eis war in diesem Fall ein Studium im fernen München, weit weg von seiner großen Liebe.

Wie sich wenig später – nur sechs Wochen nach Ablauf der Bewerbungsfrist – leider aber herausstellte, war das unsichere Eis, vor dem Sid Angst hatte, nicht etwa das Studium in der anderen Stadt gewesen.

Es breitete sich vielmehr direkt vor seinen Füßen aus.

Und von ihm unbemerkt offenbar auch direkt neben ihm im Bett.

Wäre sie es gewesen?

Die zukünftige Frau an seiner Seite?

Da war Sid sich ganz sicher.

Das war sein unerschütterlicher Entschluss.

Aber wer kann das nach all den Jahren noch richtig einordnen?

Junge Liebe muss man mit anderem Maß messen.

Darf man sie deswegen aber leichtsinnig als nicht ernstzunehmend abtun?

Nur als den ersten Versuch in einer langen Reihe von zwischenmenschlichen Erfahrungen?

War sie, aus Sicht eines Fortgeschrittenen, in Wirklichkeit nichts wert?

Wie war es mit Romeo und Julia?

Waren sie nicht ebenso jung, als sie sich entschlossen, für die Liebe zu sterben?

::: **PARIS**

Nachdem Sid den Freunden gegenüber sein Leid geklagt hatte, lud Thomsen ihn spontan ein, ihn auf einen Trip nach Paris zu begleiten. Er hatte eh geplant, am nächsten Tag in der Stadt an der Seine einen Bekannten zu besuchen, der dort als DJ arbeitete. Und da er selbst mittlerweile hin und wieder Platten auflegte, wollte er ihm vor Ort etwas in die Karten schauen.

Thomsen meinte, dass Sid auf der Reise in Ruhe darüber nachdenken könnte, ob er die Beziehung zu seiner Freundin fortsetzen oder beenden wollte. Dieser Gedanke schien Sid goldrichtig, konnte er sich so vor einer vorschnellen Entscheidung drücken. Bei einem Treffen am Tag nach Hannahs Rückkehr und später am Telefon war es bereits zu einer lautstarken Auseinandersetzung mit seinem untreuen Mädchen gekommen.

Die Fahrt nach Paris erwies sich als äußerst holprig: Der Golf GTI, den Sids Schulfreund von seinem älteren Bruder ausgeliehen hatte, war stark tiefergelegt worden und dadurch extrem hart gefedert. Bei der kleinsten Bodenwelle auf dem in die Zeit gekommenen Belag der Autobahn spürte Sid jeden einzelnen Wirbel im Rücken. Aber diese Art der Selbstkasteiung kam ihm gerade recht. Sie brachte ihn zusammen mit der zunehmenden Entfernung von der vergifteten Heimat Minute um Minute auf andere Gedanken.

Nach fünfeinhalb Stunden parkten sie den Golf in Sichtweite ihres Hotels, das mitten im Opernviertel am Boulevard des Italiens Nr. 32 lag. Als sie vor dem Portal des Hotels ankamen, knuffte Sid Thomsen freundschaftlich in die Seite: „Du hast Paris versprochen. Und wir wohnen im Hotel London. Great!"

Sie brachten ihre Reisetaschen ins Doppelzimmer, das Thomsen schon einige Zeit vorher gebucht hatte. Dann machten sie sich auf den Weg zu einer kleinen Sightseeing-Tour. Es war früher Nachmittag und sie steuerten zuerst den Eiffelturm an. Sie kauften Tickets und fuhren auf die verschiedenen Plattformen in luftiger Höhe. So unglaublich es klingen mag: Es war tatsächlich möglich, eine der später so hoffnungslos überlaufenen Sehenswürdigkeiten einfach so zu besuchen. Ohne Wartezeit oder vorher gebuchten Timeslot. In Bezug auf diesen einen Aspekt, aber nur darauf: Good old Times!

Im Anschluss besuchten sie Bernie, den befreundeten DJ, der in einer Seitenstraße der Champs-Élysées wohnte. Sie parkten direkt vor dem Haus, in dem er ein Appartement angemietet hatte. Dann klingelten sie.

Sid war aufgeregt, da er Bernie zwar vom Sehen kannte, aber bis dahin nie persönlich kennengelernt hatte. Er war der Superstar hinter den Plattentellern des Perkins Park, ihrer glitzernden Nobeldiscothek am Killesberg. Dieser Club mit seiner riesigen Fensterfront und Blick auf die Lichter der Stadt wurde von den Machern des legendären Frankfurter Dorian Gray betrieben. An den Wochenenden fuhren vor dem Portal des Tanzpalastes Porsches, Ferraris und Rolls-Royces vor und die Besitzer ließen sich von den Wagenmeistern in Uniform die für derlei Protzkarren reservierten Plätze zuweisen.

Aber Stuttgart war eben nicht Paris und Bernie hatte sich nach erfolgreichen Jahren ein Sabbatical verordnet. Er wollte ausprobieren, ob er in Paris an seine Stuttgarter Erfolge anknüpfen konnte. Insgeheim hoffte Sid natürlich, dass sie abends im Palace landen würden, in dem Bernie seinen Dienst versah. Doch Thomsen hatte Sid bereits auf der Fahrt instruiert, diese Möglichkeit in Bernies Gegenwart nicht anzusprechen. Das Palace war selbst für den normalen Pariser Nachtschwärmer ein fast unerreichbarer Sehnsuchtsort. Dort feierten vor allem internationale Stars wie Mick Jagger, Grace Jones, Michael Jackson oder Caroline von Monaco. Auf zwei Stuttgarter Jungs würden sie da zuallerletzt warten.

Als Bernie die Tür seines Appartements öffnete, wurde Sid sofort klar, dass Thomsen und er sich zwar aus der Club-Szene kannten, aber deswegen noch lange keine dicken Freunde waren.

Es war so eine Situation, wie Sid sie später dann oft noch alleine erleben würde: Man wollte eine der großen Städte dieser Welt sehen und dort nicht mutterseelenallein vor die Hunde gehen; oder Unsummen für ein Hotel ausgeben. Zuhause sammelte man also über alle Kontakte und Kontakte von Kontakten sämtliche Adressen ein, deren man habhaft werden konnte. Was aus diesen vagen

Verbindungen dann tatsächlich wurde, war immer völlig offen. In New York würde Sid Jahre später bei genau so einem Kontakt schon nach zwei Tagen wieder vor die Tür gesetzt werden, obwohl ursprünglich zwei Wochen Gratis-Übernachtung ausgemacht waren. Und um so eine brenzlige Situation zu vermeiden, hatte Thomsen – offenbar in weiser Voraussicht – das Hotel gebucht.

In diesem Sinne tauschten sich der arrivierte und der aufstrebende Plattenaufleger hauptsächlich über Remixes aus. Bernie hatte Stapel von frisch eingetroffenen Vinyls aus UK, den USA und französischer Labels auf dem Tisch liegen.

Alles Maxi-Singles, die es in Deutschland nicht zu kaufen gab.

Für jeden DJ also akustische Schätze.

Wert: nicht zu beziffern und damit Bernies ganz persönliches Kapital und der Türöffner zu den angesagtesten Clubs.

Sofern er es schaffte, die Scheiben den internationalen Labels vor seinen Konkurrenten abzuschwatzen.

Und Bernie war so ein Typ, der den konkurrierenden DJs immer einen Schritt voraus war, das hatte Thomsen Sid auf der Fahrt erzählt. Ein Kerl, mit dem Clubbetreiber ihre zahlungskräftigen Gäste zu den noch unentdeckten Hits tanzen lassen konnten, während Clubs, deren DJs darauf warteten, dass ihr Vinyl-Exemplar endlich aus dem Presswerk kam, noch die alten Kamellen abspielten.

Für Sid war die Musik, über die die beiden sprachen und die sie jeweils kurz anspielten, jedoch nicht so der Burner. Er interessierte sich nicht so sehr für House, Disco oder Soul. Seine Musik war New Wave oder kam von den New Romantics: Simple Minds, Ultravox, Talk Talk, Duran Duran, The Human League oder Spandau Ballet. Und immer wieder im Hintergrund der Artrock von Roxy Music ...

... Oh Yeah (There's a Band Playing On the Radio) ...

Aber den Ausblick, im Palace später Einlass zu erhalten, fand Sid schon verlockend. Auch wenn die Musik, die in derlei Clubs gespielt wurde, oft nicht mehr sein Fall war. Die brodelnde Atmosphäre, der Glitter, das Wummern, die schillernden Gäste und die Abgeschlossenheit dieser Pressluftschuppen übten auf ihn jedoch eine magische Kraft aus. Und natürlich, logisch, die dort tanzenden Frauen.

... Don't stop to dance ...

Doch der Traum, das Palace schon wenig später von innen kennenzulernen, und damit für diese Nacht ein Teil der Pariser Gesellschaft zu werden, platzte schneller, als Sid „Oh Yeah" sagen konnte. Plötzlich stellte Bernie den Plattenspieler ab, steckte die Maxi in die Hülle zurück und warf Thomsen ein entschuldigendes Lächeln zu. Er habe noch einen wichtigen Termin, das sei ihm gerade erst eingefallen. Und weil Thomsen es sich nicht mit ihm verscherzen wollte – Bernie war sein potenziell wichtigster Platten-Lieferant – erwiderte er, ohne groß nachzudenken: „Kein Problem."

Wenig später trotteten sie etwas ziellos die Champs-Élysées entlang. Gingen in ein paar Läden hinein und tranken eher lustlos ein vollkommen überteuertes Bier in einer der Bars. Schließlich standen sie vor dem Arc de Triomphe.

Sid drehte sich um und versuchte, den Obelisken von Luxor am Place de la Concorde zu erkennen. Er musste da unten, ganz am Ende der Straßenflucht, stehen. Aber so sehr er sich auch anstrengte, er sah ihn nicht.

An einem Souvenirstand fand er stattdessen eine Postkarte, die einen Doppeldecker zeigte, der durch den Arc de Triomphe flog.

... Sensation ...

Es war eine unerlaubte Aktion, in der der Luftwaffenpilot Charles Godefroy am 7. August 1919 für die Helden der französischen Luftwaffe im Ersten Weltkrieg ein Zeichen setzen wollte. Bei der Militärparade am 14. Juli, wenige Wochen davor, mussten die Piloten der Luftwaffe wie die Infanteristen und Artilleristen zu Fuß an den Pariser Bürgern vorbeimarschieren, anstatt in einer beachtlichen Formation über die berühmte Avenue fliegen zu dürfen.

Die Helden der Luftwaffe: zu jeder Zeit ein Thema und ein Faszinosum.

Am späten Nachmittag stiegen Thomsen und Sid, etwas erschöpft, den Montmartre hoch zur Sacré-Cœur.

Von dort hatten sie einen atemberaubenden Blick auf die Stadt, die sich langsam von der Tagesgeschäftigkeit verabschiedete und für die Nachtschwärmerei fertig machte.

Um sie herum Paare, die Arm in Arm in den Sonnenuntergang blickten.

Doch Sid hatte Glück, denn dieses Bild löste in ihm nicht das aus, was das Naheliegendste gewesen wäre.

Vielmehr tauchte in seinem Kopf überraschend die Erinnerung auf, dass er bei einem Filmkunstfestival gehört hatte, dass der berühmte Regisseur Claude Lelouch 1976 eine Kamera auf einen Rennwagen geschnallt hätte, damit im Morgengrauen in halsbrecherischem Tempo durch Paris gerast wäre und schließlich genau an dem Ort, an dem Sid jetzt in diesem Moment gerade stand, gehalten hätte. Ein Mann wäre aus dem für die Kamera nicht sichtbaren Rennwagen gesprungen und einer schönen Frau in die Arme gefallen, die auf dem Vorplatz der Basilika auf ihn wartete.

Das Verrückte an diesem Film war, dass er ohne Drehgenehmigung in einer einzigen Einstellung – also ohne Schnitt – gefilmt worden war und der Regisseur kurz danach wegen mehrfacher schwerer Gefährdung des Pariser Straßenverkehrs verhaftet wurde.

Keiner der Cineasten, die von dem Film schwärmten, hatte den Film je gesehen.

Er war ein Phantom, das man irgendwann hoffte, zu Gesicht zu bekommen.

Auf dem Rückweg zum Hotel aßen Thomsen und Sid in einem italienischen Schnellrestaurant ein paar Pizzaschnitten. Sid machte mit dem Selbstauslöser seiner Spiegelreflexkamera Fotos, wie sie glücklich und satt in dieser neonbeleuchteten Pizzeria saßen. Paris war zwar berühmt für seine edlen Restaurants mit teils herausragender Küche. Aber die lag weit weg von ihren finanziellen Möglichkeiten und damit Lichtjahre entfernt.

Sie wurden müde und beschlossen, zurück zum Hotel zu fahren. Da würden sie entscheiden, ob sie von dort aus noch etwas unternehmen wollten. Sie parkten ihren Wagen zwei Querstraßen vom Hotel entfernt und kamen an einem kleinen Supermarkt vorbei, der noch geöffnet hatte. Thomsen schlug vor, einen Sixpack Bier zu kaufen und damit aufs Zimmer zu verschwinden. Dort könnten sie ja schauen, was im Fernseher lief. Sid willigte ein. Fünf Minuten später stiegen sie in den Aufzug und fuhren hinauf in den fünften Stock.

Im Zimmer schalteten sie die Flimmerkiste ein und suchten nach einem Film, dessen Inhalt auch Sid mit seinen fehlenden Französisch-Kenntnissen verstehen würde. Aber es gab nur eine Handvoll Programme, die sie alle nicht interessierten. Also schalteten sie den Fernseher wieder aus und unterhielten sich, während sie zwei Büchsen Bier öffneten und anstießen.

Sie setzten sich auf ihre Betten und ließen verbal die Gedanken schweifen.

Thomsen war nach wie vor ernsthaft besorgt um Sids Gemütsverfassung. Aber der konnte ihm zu seiner Beruhigung mitteilen, dass der radikale Ortswechsel – vor allem mit dieser Weltstadt, in der sie sich so unvermittelt aufhielten – tatsächlich viele der dunklen Gedanken vertreiben konnte, die ihn bis zu ihrer Abfahrt belastet hatten.

Dann stand Sid auf und öffnete das Fenster.

Er war erstaunt, was für einen guten Ausblick man von

hier oben auf den Boulevard hatte.

Die Gehwege waren voller Nachtschwärmer, die die Kinos, Kneipen, die Oper und kleinen Theater auf dieser Amüsiermeile besuchten.

So wurde der Blick auf den Boulevard fünf Stockwerke unter ihnen für den Rest des Abends ihr Fernsehprogramm. Und während sie den Ausblick genossen und die Leute und cruisenden Autos beobachteten, teilten sie ihre Gedanken über das Hier und Jetzt und das Leben allgemein.

Als sie kurz nach Mitternacht das Licht löschten und sich jeder auf seine Seite drehte, hörten sie vom Boulevard her immer noch das fröhliche Lärmen der Ausgehenden. Es störte sie nicht, gab ihnen vielmehr das Gefühl, mitten im kulturellen Geschehen zu sein.

Besser als das Palace, das nur eine glitzernde Scheinwelt gewesen wäre.

Mit dem gleichmäßigen Ton unzähliger ausgelassener Stimmen im Ohr schlief Sid schließlich ein.

Eine heftige Erschütterung weckte sie mitten in der Nacht.

Das gesamte Gebäude bebte und Thomsen und Sid waren innerhalb von Sekundenbruchteilen wach.

Dem Beben vorausgegangen war eine gewaltige Explosion, die den abrupten Übergang vom Tiefschlaf in den Wachzustand untermalte. Ein infernalisch lauter, dumpfer

Knall. Dann wurde ihr Gebäude durchgeschüttelt.

Die Fenster standen leicht offen, weshalb sie alles ungefiltert miterleben konnten.

Nachdem sie hochgeschreckt waren, war Sids allererster Gedanke: „Gleich werde ich die vielen Schreie hören, und es wird schrecklich sein."

Sid war im Moment des unruhigen Erwachens sofort klar gewesen, dass es sich um eine Bombe mit gewaltiger Sprengkraft gehandelt haben musste. Immerhin war man durch Medienberichte von den Krisenherden der vorangegangenen Jahre sensibilisiert worden. Auch hatte es in Paris die Jahre davor immer mal Anschläge gegeben. Da sie aber auch in Deutschland, vor allem durch die RAF, viele unruhige Jahre erlebt hatten, war die Anschlagsserie in Frankreich für sie kein Grund gewesen, Paris nicht zu besuchen. Aber nun mittendrin in diesem Explosionsherd zu sein, die Erschütterung und auch die akustischen Begleiterscheinungen hautnah am eigenen Körper mitzuerleben, war für ihn ein Schock.

Was sie direkt nach der Bombenexplosion hörten, war dann aber erst einmal:

Nichts.

Absolute Stille.

Auch nicht die vom Unterbewusstsein erwarteten

Schreie von unzähligen schwer verletzten Menschen.

Aber nach etwa zwei bis drei Sekunden absoluter Stille, in der sich lediglich der Widerhall der Explosion in den Weiten des Boulevards verlor, setzte ein Klirren von Glas ein, das gefühlt die nächste halbe Minute nicht mehr aufhörte.

Es war gewaltig, eigentlich unfassbar.

Man hörte das Klirren in allernächster Nähe, aber auch noch in weit über 100 m Entfernung.

In tausendfacher, feiner Abstufung und Variation in Klanghöhe und Lautstärke.

Erst das Bersten von Glas. Dann der Aufschlag von Millionen von Scherben auf dem Gehweg viele Stockwerke darunter.

Wieder durchfuhr Sid der schreckliche Gedanke, dass spätestens jetzt die Schreie der Menschen einsetzen würden. Und zwar von denen, die von den vielen Glasscherben durchbohrt wurden, die auf sie herabgefallen waren. Aber nachdem die letzte Scherbe auf dem Gehweg aufgeschlagen war, kehrte wieder absolute Stille ein.

Wenn man von dem Heulen mehrerer Alarmanlagen absah, die mittlerweile angesprungen waren.

Sid atmete tief durch.

Gott sei Dank!

Niemand ist offenbar verletzt worden.

Aber wie war das möglich?

Der Boulevard musste doch voller Menschen gewesen sein?

Er schaute auf die Uhr und sah, dass es 3:00 Uhr war.

Okay, klar: Das Nachtleben hatte vielleicht schon einige Zeit vorher aufgehört und die Straße musste demnach leer gewesen sein, als die Bombe explodierte.

Gespenstisch war dann aber, was kurz darauf folgte.

Aus allen Himmelsrichtungen ertönten mit einem Mal die so prägnanten Sirenen der französischen Polizeiautos und Rettungsdienste. Erst von ganz weit weg, dann immer näher kommend. Bis die Rettungswagen, Polizeiautos und Feuerwehren nach wenigen Minuten auf dem Boulevard unter ihrem Fenster hielten. Doch obwohl die Straßenschlucht links und rechts von ihnen sich irgendwann mit hektisch blinkenden Lichtern komplett gefüllt hatte, ertönen aus der gesamten Stadt immer weiter die Sirenen.

Auch in der folgenden Stunde hörte es überhaupt nicht auf, was das ganze Szenario vollkommen apokalyptisch machte.

... I began to lose control ...

Soweit sie es von da oben beobachten konnten, war die

Bombe links von ihrem Gebäude explodiert. Zumindest waren dort helle Trümmerteile über die Straße verstreut. Und was sie in der Dunkelheit ebenfalls sehen konnten: Auf der gegenüberliegenden Straßenseite waren in sämtlichen Gebäuden vom untersten bis zum obersten Stockwerk alle Fenster geborsten. Überall klafften dunkle Löcher in den Fassaden, wo wenige Stunden zuvor noch die bunten Lichter der Straße reflektiert worden waren.

Dass ihr Fenster nicht zu Bruch gegangen war, verstanden sie nicht. Aber dann erklärten sie es sich damit, dass die Fensterflügel nicht geschlossen, sondern leicht geöffnet gewesen waren. Offenbar konnte so die Druckwelle der Explosion nicht frontal auf das Glas auftreffen. Oder ein beträchtlicher Teil des Explosionsdrucks hatte sich an den Scheiben vorbei zu ihnen ins Zimmer gepresst.

Sie schalteten schnell das Deckenlicht an und überflogen den Raum, konnten aber keine Schäden oder Trümmerteile erkennen.

Dann knipsten sie das Licht wieder aus und betrachteten weiter das Untergangsszenario fünf Stockwerke unter ihnen.

Sie waren hellwach und diskutierten, ob sie vielleicht dazu aufgefordert werden würden, das Hotel zu verlassen.

Thomsen schlich zur Tür und horchte.

Auf dem Flur war alles ruhig.

Seltsam.

Nur aus den Zimmern neben ihnen vernahmen sie Geräusche, die darauf schließen ließen, dass andere Gäste auch wach waren.

Natürlich waren alle anderen auch wach geworden!

Sie überlegten, ob sie bei der Rezeption anrufen sollten, um zu fragen, wie sie sich verhalten sollen. Aber mit Blick auf das Telefon neben dem Bett kamen sie zu dem Schluss, dass es Aufgabe des Hotelpersonals war, sie im Fall einer Evakuierung zu verständigen.

Ein Blick nach unten schien aber zu bestätigen, dass die Explosion offenbar keinen größeren Brand erzeugt hatte. Lediglich vor dem Gebäude links neben ihrem Hotel, ganz unten, dort, wo offenbar das Zentrum der Explosion gewesen war, konnten sie in der Dunkelheit einen leichten Feuerschein erkennen, der aber unter den Wasserfontänen der Feuerwehrschläuche schnell wieder verschwand.

Thomsen öffnete zwei Büchsen Bier und gab Sid eine davon. Sie stürzten sie gierig hinunter, während sie am offenen Fenster hängend weiter das apokalyptische Szenario unter sich betrachteten. Obwohl sie nun, bei genauerem Hinsehen, auch viele Krankenwagen auf der Straße stehen sahen, redeten sie sich ein, dass wahrscheinlich alle

Nachtschwärmer Glück gehabt hatten, weil sie zum Zeitpunkt der Explosion bereits im Bett lagen.

Wie aber konnte das sein, wo doch beim Einschlafen, kurz nach Mitternacht, der Boulevard noch voll von Leuten gewesen war, die das Nachtleben in vollen Zügen genossen hatten?

Am nächsten Morgen gab es im Frühstücksraum nur ein Thema. Die Besucher an den anderen Tischen unterhielten sich über das, was in der Nacht passiert war. In unterschiedlichen Sprachen wurden gestenreich Theorien geäußert. Das sah man, auch wenn man es nicht immer verstand. Am Tisch neben ihnen saß eine Frau, die angab, sporadisch für die deutsche Botschaft zu arbeiten. Ihrer Information nach waren in derselben Nacht noch an zwei anderen Orten in der Stadt Bomben explodiert. Das erklärte auch, dass noch über eine Stunde lang die Sirenen in der Stadt geheult hatten. Sie waren natürlich davon ausgegangen, dass sie alle ihren Boulevard ansteuern würden.

Die Frau erzählte ihnen dann, dass sie aus erster Hand erfahren habe, dass es offenbar keine Bombe mit Zeitzünder gewesen sei. Nach ersten Ermittlungen sei die Bombe durch Personen ferngezündet worden, die in Sichtweite zum Sprengkörper in einem Auto gesessen hätten. Das erklärte auch, dass die Bombe erst explodierte, nachdem, für diese Zeit untypisch, zwei Passanten direkt dort vorbeigegangen waren, wo fünfzehn Sekunden später die Explosion stattgefunden hatte. Doch da waren sie schon außer Reichweite. Zumindest hatten das die beiden potenziellen Zufallsopfer den Einsatzkräften berichtet. Sie hatten, Glück im Unglück, nur einen Schock erlitten und ihre Trommelfelle waren leicht traumatisiert. Und da sie auf der Straßenseite des Hotels unterwegs gewesen waren, waren sie auch nicht durch herabfallende Glasscherben verletzt worden.

Man ging davon aus, dass die Terroristen bewusst keine menschlichen Opfer erzeugen wollten. Ihr Ziel war die israelische Bank, die in dem Eckhaus zwei Häuser von ihrem Hotel entfernt an der Einmündung zur Rue des Italiens situierte. Ob es bei den anderen Bombenanschlägen Opfer gegeben hatte, konnte die Botschaftsangestellte ihnen nicht sagen.

Thomsen und Sid hatten Angst, waren aber auch gespannt, was sie tatsächlich da draußen erwarten würde. Sie hatten für diesen Vormittag ursprünglich geplant, den Louvre zu besuchen; aber erst einmal mussten sie mit der Situation hier vor Ort klarkommen.

Mental und emotional.

Als sie wenig später das Hotel verließen, erwartete sie eine morbide Szenerie.

Die gegenüberliegende Straßenseite war auf einer Länge von mehreren Hundert Metern nach links und rechts komplett abgesperrt.

Hinter den Absperrbändern lagen Berge zerbrochenen Glases.

Die zugehörigen dunklen Fensterhöhlen in den Stockwerken darüber hatten sie ja bereits in der vorigen Nacht vage erkennen können. Aber nun waren sie deutlich sichtbar.

Sie drehten sich um und sahen, dass auf ihrer Straßenseite fast kein Fenster zerbrochen war. Auch ihr Hotel war nicht betroffen. Lediglich das Haus neben ihnen hatte etwas abbekommen. Aber was ein Ort absoluter Zerstörung war, war die israelische Bank rechts daneben. Hier war der größte Teil der Fassade vom Gehweg bis zur mittleren Höhe weggerissen worden. Aus dem Inneren wedelten Vorhänge, zerfetzte Jalousien oder lange weiße Bänder von Druckerpapier nach außen.

Direkt neben ihrem Hoteleingang war eine Absperrung auf dem Gehweg aufgebaut worden, die bis zur Straßeneinmündung der Rue des Italiens ging. Die Einfahrt zu dieser Straße war mit gleich zwei Reihen von Absperrgittern verstellt. Da auch der gegenüberliegende Gehweg des Boulevards durch Absperrbänder blockiert war, bahnten sie sich den Weg von ihrem Hotel am Rand der

Straße entlang langsam Richtung Explosionsort.

Ihnen war nicht ganz klar, ob auch der Boulevard an den großen Kreuzungen links und rechts gesperrt worden war und sich lediglich Personen und Fahrzeuge innerhalb des Bereichs bewegten, die sich zum Zeitpunkt der Explosion hier aufgehalten hatten. Also gingen sie sehr gemächlich – sie gehörten ja dazu – in Richtung des Ortes, wo die Explosion stattgefunden haben musste.

Feuerwehrleute und Polizisten hasteten über die Straße. Doch zwischen ihnen bewegten sich auch unzählige Zivilpersonen. Bei denen war auf den ersten Blick nicht klar, ob sie Polizisten und Spurensicherer in zivil waren oder tatsächlich Bewohner, Beschäftigte oder Touristen. Üblicherweise war Sid strikt dagegen, an einer Unglücksstelle anzuhalten und sich den Schrecken genauer anzuschauen. Da ging oder fuhr er immer schnell weiter und wahrte so die Würde der Betroffenen. Aber hier war die Sachlage eine andere: Sie waren gewissermaßen selbst Opfer dieses Bombenanschlags geworden. Also sah er es auch als sein Recht an, mit seinen eigenen Augen Ursache und Wirkung zu betrachten. Er musste auf diese Weise den Schock verarbeiten, der ihm immer noch in den Knochen steckte.

Sie kamen gerade gegenüber der Einmündung der Rue des Italiens an, als es ihnen den Atem verschlug: Die

Druckwelle der Explosion musste so gewaltig gewesen sein, dass sie, nachdem sie das halbe Bankhaus weggerissen hatte, wie in einem Trichter die kleine Straße entlanggeschossen war und dabei auch hier sämtliche Scheiben zum Bersten gebracht hatte. Aber was noch viel skurriler war: Aus vielen Cafés, Restaurants oder Boutiquen hatte die Druckwelle Stühle, Tische und Regale herausgeschleudert und sie in allen erdenklichen Schräglagen auf der Straße verteilt. Dazwischen lagen unzählige Waren, Lebensmittel, Tücher und zerbrochenes Geschirr.

Sid wurde von diesem morbiden Szenario magisch angezogen. Und als verhinderter Filmemacher mit trotz allem journalistischer Ader sah er es als seine Pflicht an, das ganze fotografisch zu dokumentieren. Also nahm er kurzerhand seine Spiegelreflexkamera aus dem Rucksack und lief auf die Absperrung zu. Thomsen rief ihm noch etwas hinterher, aber Sid war bereits nicht mehr zu bremsen.

Während er sich zwischen den Elementen der ersten Reihe von Absperrgittern durchzwängte, kam ihm ein Polizist entgegen. Sid hob seine Kamera an und fixierte ein zerstörtes Geschäft in der Nähe. Der Polizist ging, ohne ihn zu behelligen, an ihm vorbei, woraufhin Sid die zweite Absperrungsreihe ansteuerte. Hier war kein Aufpasser in der Nähe, also ging er auch daran vorbei. Nun lief er langsam die Straße der Zerstörung ab und machte in regelmäßigen Abständen links und rechts ein Foto.

Er beobachtete Beamte aus der Nähe bei der Spurensicherung und Schadensaufnahme. Schließlich kam er vor einem historischen Gebäude an, dort, wo die Straße einen Knick machte und nach rechts abbog. Sid schaute nach oben und erblickte auf dem Gebäude eine Art Globus. Dann las er „Le Monde" an der Hauswand.

Die legendäre Pariser Tageszeitung also – auch ihr Gebäude hatte einiges abbekommen.

Lang nicht so viel wie die ganzen Geschäfte und Cafés vor allem am Anfang der Straße.

Aber immer noch genug, um damit in die Geschichtsbücher einzugehen.

Die große linke Tageszeitung hatte einen linksterroristischen, alternativ palästinensischen Anschlag abbekommen.

Zusammen mit der jüdischen Bank.

Zwei Fliegen mit einer Klappe also – quasi über Bande gespielt.

Das passte wie die Faust aufs Auge, waren doch – schizophrenerweise – gerade linke Gruppierungen oft bewusst antisemitisch.

Obwohl ja eigentlich die extrem Rechten traditionell antisemitisch waren.

Wie sie dann später am Tag erfahren würden, gingen alle Bombenexplosionen in dieser Nacht auf das Konto der Action directe, einer Terrororganisation, die in Frankreich bereits einige Anschläge verübt hatte.

Vielleicht war es nur Zufall, dass neben der israelischen Bank auch Le Monde etwas abbekommen hatte. Aber ganz auszuschließen war es tatsächlich nicht. Die traditionell linksgerichtete Tageszeitung hatte sich nämlich zusammen mit Libération ein Jahr zuvor von Action directe distanziert, nachdem sie die Aktionen der Bewegung lange Zeit toleriert hatte. Aber nach den ersten tödlichen Anschlägen ab den Jahren 1983/84 war klar geworden, dass sich die Linksaktivisten, wie die RAF, in Deutschland zu einer Terrorgruppe entwickelt hatten.

Sid lief zwischen den Trümmern auf der kleinen Straße umher, wie ein Reporter, der alles eingehend studierte und dann Fotos machte. Offenbar war er so überzeugend in seiner Rolle, dass lange Zeit keiner der vielen Offiziellen, die sich zusammen mit ihm im abgesperrten Bereich befanden, von ihm Notiz nahm.

Dann lief Sid langsam die Straße zurück, während er Motive, die er bereits vorher durch die Kamera anvisiert hatte, noch ein weiteres Mal fixierte, um vielleicht ein noch besseres Foto machen zu können.

Doch plötzlich sprach ihn einer der Beamten auf Französisch an. Er trug einen langen Polizeimantel und machte ein ernstes Gesicht.

Sid konnte zwar wenige Brocken Französisch, aber er verstand partout nicht, was der Polizeibeamte von ihm wollte. Dessen Geste deutete er jedoch so, dass er seinen Presseausweis sehen wollte.

Sid lächelte ihn entschuldigend an und zuckte mit den Schultern. Dann versuchte er einfach, so wie bisher, weiter Richtung Boulevard zu gehen.

Aber der Flic hielt ihn fest und stellte ihm noch einmal dieselbe Frage. Und als Sid ihm nach wie vor nicht antwortete, packte der Uniformierte ihn verärgert an der Schulter und schob ihn energisch Richtung der Absperrungen.

Als sie auf dem Boulevard ankamen, gab der Flic zwei Kollegen mit Blick zu Sid Anweisungen.

Ab da behielten diese ihn fest im Auge. Also lief Sid auf Thomsen zu, der am Ende der Absperrung stand. Er hielt fragend die Arme in die Luft, schüttelte den Kopf und lachte.

Den Rest des Tages unternahmen die beiden eine abgespeckte Sightseeing-Tour und hingen zwischendurch in verschiedenen Cafés ab. Für den Louvre hatten sie keinen Kopf. Der war bei beiden immer noch prall gefüllt mit Erinnerungen, Gedanken und Bildern von den dramatischen

Ereignissen. Die ließen sich nicht so leicht vertreiben.

Als sie am Spätnachmittag zum Hotel zurückkehrten, waren viele Spuren des Anschlags auf dem Boulevard bereits beseitigt worden. Natürlich war die Fassade der israelischen Bank nach wie vor ein Gerippe, aber auf der gegenüberliegenden Straßenseite war ein Großteil der Scherben entfernt worden. An vielen Fensteröffnungen waren Handwerker damit beschäftigt, neue Scheiben einzusetzen.

Sid war erstaunt, wie schnell das ging.

Eine Armee von Glasern, die irgendwo in einer Kaserne offenbar nur auf solch einen Einsatz wartete. Aber Paris war – ähnlich wie New York, London oder Madrid – eine Stadt, die immer pulsierte. Diese Stadt konnte es nicht gebrauchen, dass der Fluss unterbrochen wurde.

Sie würde es nie dulden.

Als sie abends in der Nähe der Oper nach einer Bar suchten, in der sie den denkwürdigen Tag ausklingen lassen konnten, gerieten sie plötzlich in eine eigenwillige Situation: Am Straßenrand stand ein offenes, rotes Cabriolet, in dem sich ein in schwarzes Leder gekleidetes Liebespaar leidenschaftlich küsste.

Thomsen und Sid hielten erstaunt inne und erkannten nun, dass das Fahrzeug von zwei Filmscheinwerfern angestrahlt wurde, die sie auf den ersten Blick für normale

Straßenbeleuchtung gehalten hatten. Neben dem Cabrio hielt im nächsten Augenblick eine schwarze, amerikanische Limousine, deren hintere Seitenscheibe heruntergelassen wurde. Der Innenraum war, im Gegensatz zu dem des roten Cabriolets, nur spärlich erleuchtet. Sid erkannte neben dem auf dem Rücksitz sitzenden Mann einen winzigen Scheinwerfer, der das Gesicht des Schauspielers mit diffusem Licht anstrahlte. Der Darsteller drehte seinen Kopf fast unmerklich Richtung Fensteröffnung und beobachtete das sich küssende Liebespaar. Sein Gesichtsausdruck schwankte dabei zwischen ausdruckslos und rachsüchtig.

Aus einer kleinen Gruppe, die sich um einen Monitor geschart hatte, ertönte ein lautes „Cut". Dann machte sich die Person, die offenbar der Regisseur war, zu dem Liebespaar im Cabriolet auf und wechselte mit den beiden gestenreich ein paar Worte.

Der Schauspieler in der schwarzen Limousine blieb währenddessen regungslos sitzen.

Einer der Passanten, die die Filmaufnahme zusammen mit Thomsen und Sid beobachtet hatten, löste sich aus der Gruppe der Schaulustigen und lief schnell auf die Limousine zu.

Eine Frau mit Klemmbrett unterm Arm, offenbar die Aufnahmeleiterin, lief ihm hinterher und forderte ihn in energischem Tonfall auf, stehen zu bleiben.

Aber der Mann ließ sich nicht aufhalten.

Doch dann stoppte er plötzlich kurz vor der schwarzen Limousine. Sid und Thomsen hörten ihn mit euphorischer Stimme rufen: „Are you Bryan Ferry??!"

Der Schauspieler im Wagen bewegte ganz leicht den Kopf in seine Richtung, und da Thomsen und Sid nur wenige Meter hinter dem Mann standen, damit auch zu ihnen. Er blickte Sid direkt an und nickte zweimal. Ganz leicht nur, fast nicht wahrnehmbar. Dann drehte er sich wieder weg und der aufdringliche Passant wurde von der Aufnahmeleiterin vom Wagen wegkomplimentiert.

Bryan Ferry war ein musikalisches Phänomen, um das sich viele Gerüchte und Mythen rankten.

Er war der Gründer und Zerstörer von Roxy Music. Zu diesem Zeitpunkt war nicht klar, wie es mit der Karriere dieses charismatischen Sängers weitergehen würde. Man hatte lange nichts von ihm gehört. Ihn hier überraschend in Paris in Aktion zu sehen, kam der Auferstehung eines Toten gleich.

Wie ein Untoter sah er irgendwie auch aus, als Sid ihn da im Fond der Limousine sitzen sah. Wie der Hauptdarsteller in einem Dracula-Film. Doch das auf Filmmaterial gebannte Gesicht des Stars würde auf der Leinwand nachher ganz anders aussehen. Film ist, aus der Perspektive der Realität, immer Übertreibung und Illusion. Aber die Kameralinse, der Standpunkt der Kamera, die Brennweite, die richtige Blende und die Filmemulsion erzeugen schließlich das atemberaubende Bild, das den Zuschauer von der Leinwand herab in seinen Bann zieht.

Wenn Sid an den Namen Bryan Ferry dachte, diesen Dandy mit der schmachtenden, geradezu verführerischen Stimme in seinen perfekt sitzenden Anzügen hinter dem Mikrofon, dann stand dazwischen immer der Name Roxy Music.

Wobei es für die Band als Ganzes eigentlich kein Bild im Kopf gab. Vielmehr waren es deren Plattencover mit den Mädchen in durchsichtiger Reizwäsche oder mit tief ausgeschnittenen Kleidern darauf, über die sich sensible Geister regelmäßig echauffierten. Die Bandmitglieder waren immer nur auf den Innenteilen oder Rückseiten der Cover zu sehen. Dies verwunderte umso mehr, als die Musiker bei ihren Auftritten sehr großen Wert auf Ästhetik und Stil legten und damit dem Zeitgeist um etwa zehn Jahre voraus waren.

Roxy Music hatte den Sound der 1970er bis in die Anfänge der 80er Jahre geprägt und für die Entwicklung des New Wave, Sids Musik, eine zentrale Rolle gespielt. Aber eigentlich war Roxy Music immer nur der Spielball, das Experimentierfeld für Bryan Ferry, der Sid nun nur wenige

Meter entfernt in der Limousine gegenübersaß.

Sid fiel auch ein, dass Bryan Ferry der Mann war, der Brian Eno, den Keyboarder, aus der Band gekickt hatte.

Brian Eno: ein mittlerweile ebenfalls zur Legende gewordener Musiker.

Aber was das Herauskicken betraf, konnte Brian Eno, auch wenn es sicher schmerzhaft gewesen war, mittlerweile von Glück sprechen, dass ihn dieser Break zu einer einzigartigen Solokarriere gezwungen hatte. Als Musiker und – was noch viel wichtiger war – als Produzent, der auf die musikalische Entwicklung anderer, noch größerer Musiker und Bands einen entscheidenden Einfluss hatte.

Vor allem, was diesen zweiten Aspekt betraf, musste man Bryan Ferry, dem musikalischen Genie und heimlichen Despoten, unendlich dankbar sein.

The Unforgettable Fire, eines der besten Alben von U2, würde es sonst nicht geben.

Und wenn man Aussagen von Bandmitgliedern glauben darf, die Band auch nicht mehr.

Ebenso wenig wie *Remain in Light* von den Talking Heads, das als eines der einflussreichsten Alben der 1980er Jahre angesehen wird.

Und um noch einen draufzusetzen: auch nicht *Heroes* von David Bowie.

Was so ein unsanfter Break ausmachen konnte?

Ein Sprung ins kalte Wasser.

Ein schmerzhaftes Loslassen.

Ein Aufbruch ins Ungewisse.

Nur kurze Zeit nach seiner Begegnung mit Bryan Ferry entdeckte Sid die Filmszene, deren Dreh sie beobachtet hatten, im offiziellen Video-Clip zum Song *Slave To Love*.

Zwischen Minute 1:23 und 1:37.

Die dazugehörige Single wurde am 28. April 1985 veröffentlicht.

Wie Sid herausfand, war der Regisseur, den sie im Gespräch mit dem Paar im roten Cabrio gesehen hatten, Jean-Baptiste Mondino. Ein französischer Modefotograf und Musik-Video-Regisseur, der bereits Musik-Videos mit Madonna, David Bowie, Sting und Björk gedreht hatte.

Sid ging nicht aus dem Kopf, wie regungslos, fast stoisch und auch ein wenig diabolisch Bryan Ferry im Fond der schwarzen Limousine gesessen hatte.

Er hatte keine Regieanweisungen nötig.

Er war der Star, der lediglich seinen Kopf ein wenig drehen musste.

Sein regungsloses Gesicht alleine sagte alles aus.

Keine Gestik.

Keine Mimik.

Er war der Einsamste unter der Einsamen.

Er war der einsame Beobachter, der seine Schlüsse aus seinen Beobachtungen zog.

Er war der Allwissende, in dessen Augen all die Akteure nur Opfer ihrer Leidenschaft waren.

Er sah Sid an, als wollte er auch ihm sagen: „Spring ins kalte Wasser. Lass los. Brich auf ins Ungewisse."

Slave To Love – Sklave der Liebe.

Sid wollte kein Sklave der Liebe mehr sein.

Er wollte sich nicht von seinen immer noch vorhandenen Gefühlen, von der Lust auf sein untreues Mädchen leiten lassen. Er musste der Tatsache ins Auge sehen.

Die Bombenexplosion mitten in der Nacht nur 25 Meter von seinem Bett entfernt.

Die Trümmerberge, die er sah.

Liebe und Bomben.

Scherben, brachiale Zerstörung – aber kein Blut.

Was für ein Glück innerhalb einer Katastrophe.

Was für ein Geschenk.

Als Sid aus Paris zurückkehrte, sagte er seiner Freundin, dass es vorbei ist.

Er erzählte ihr nicht, dass diese Entscheidung sein Herz brach.

Wie es ihn aufwühlte.

Er erklärte ihr lediglich, dass dieser Schritt der logische sei und sein Verhalten nicht die Ursache dafür war.

Aber bei allem Unglück, egal welcher Zerstörungs-grad: The show always will go on.

RAF

Auf Tuchfühlung

in Tag schulfrei und das ganz spontan – das fanden sie natürlich ziemlich gut. Aber der Grund, der ihnen von der Rektorin seiner Grundschule genannt wurde, machte ihnen dann doch Angst: Die sogenannte Bader-Meinhof-Bande hatte nämlich damit gedroht, in Stuttgart mehrere Bomben explodieren zu lassen.

Erst auf Nachfrage erzählte man ihnen, zögernd, dass dieselbe Bande in einem Kaufhaus in Frankfurt ein Feuer gelegt hatte. Menschen waren zum Glück nicht verletzt worden.

Aber was sollte daran so schlimm sein?

Seinen Eltern wurde kurz zuvor mit lautem Getöse die Haftpflichtversicherung gekündigt, da er mit seinem Fußball so viele Scheiben in der Nachbarschaft eingeschossen hatte, dass die Reparaturen der Versicherung irgendwann zu teuer geworden waren. Insofern war aus seiner kindlichen Sicht diese Bande um Bader und Meinhof gar nicht so viel schlimmer als er.

Nach und nach bekam Sid mit, dass sein Land sich seit einiger Zeit im Ausnahmezustand befand. Bis dahin, kurz vor Ende der dritten Klasse, war seine Kindheit weitgehend unberührt von Schreckensmeldungen gewesen.

Am 28. Mai 1972 waren also Briefe mit der Bombendrohung aufgetaucht. Sie besagten, dass am 2. Juni zwischen 13 und 14 Uhr in der Stadt Stuttgart drei Autos in die Luft fliegen würden. Die Stimmung im Land war zu diesem Zeitpunkt äußerst angespannt. Wenige Tage zuvor war in den Cambell-Baracks in Heidelberg durch dieselbe Bande, die sich zu diesem Zeitpunkt bereits „Rote Armee Fraktion" nannte, ein Bombenanschlag verübt worden, bei dem drei amerikanische Soldaten getötet wurden. Der Anschlag in Heidelberg war trauriger Höhepunkt der sogenannten „Mai-Offensive" der RAF. Binnen 13 Tagen wurden bei sechs Sprengstoff-Anschlägen in ganz West-Deutschland vier Menschen getötet und 74 verletzt. In der Bundesrepublik ging die Angst vor dem linksradikalen Terror um.

In ihrem Drohschreiben zu den angekündigten Bombenexplosionen in Stuttgart nahmen die Terroristen Bezug auf den zu diesem Zeitpunkt eskalierenden Vietnamkrieg: Die RAF wollte eigenen Angaben zufolge beweisen, dass sie, wann und wo sie es für richtig hielt, zuschlagen könne, und zudem die Menschen an den Bombenkrieg der sogenannten „US-Imperialisten" in Vietnam erinnern. Ein Auszug aus dem Drohschreiben lautete wörtlich:

„Nieder mit dem USA-Imperialismus Sieg im Volkskrieg – Klassenkampf im eigenen Land. Habt Mut zu siegen

hier scheidet sich wirkliche Solidarität von scheinheiligem Bedauern. Das bedeutet für ihnen dem Wunsche Ho Chi Minhs nachzukommen: wollt ihr die indochinesische Revolution unterstützen. So macht Klassenkampf im eigenen Land! Lernen wir von der indochinesischen Revolution, wie man die Freunde von den Feinden unterscheidet wie sich das Volk im Kampfe vereinen kann! Trennen wir bei ihnen klar zwischen denen, die wirkliche revolutionäre Solidarität ausüben, und denen, die ein friedlichen Engelsgesicht machen, in Wirklichkeit aber die Mörder in Indochina unterstützen, wie die SPD-Regierung."

Diese fanatischen Worte machen in etwa klar, mit wem man es zu tun hatte. Das hat so gar nichts mit dem romantisch verklärten Bild der Stadtguerilla gemein, die für die Unterdrückten einsteht. Das waren Extremisten, die bewusst über Leichen gingen, um damit ihre schräge Ideologie durchzusetzen. Auch wenn es Anhaltspunkte gibt, dass das oben zitierte Drohschreiben nicht von der RAF selbst versandt wurde, sondern von Trittbrettfahrern oder Unterstützern, so ähnelt es doch dem Wortlaut vieler echter RAF-Bekennerschreiben. Und von diesen Schreiben sollte es noch viele geben – ermordete die RAF doch bis zu ihrer selbst proklamierten Auflösung im Jahr 1998 33 Personen und verletzte über 200.

Aber diese Zusammenhänge wurden Sid erst viele Jahre später bekannt und damit auch bewusst, worum es dabei insgesamt ging. Damals, mit seinen 9 Jahren, waren die vielen Erfahrungs- oder Meldungs-Splitter in erster Linie beunruhigend und vor allem irritierend.

Der in dem Drohschreiben zitierte Vietnam-Krieg beschäftigte Sid tatsächlich aber schon relativ früh, obwohl er zu diesem Zeitpunkt nur fragmenthaft mit Bildern und Reportagen darüber konfrontiert wurde. Er war noch zu jung, um aktiv alle Medienquellen zu nutzen, die zur Verfügung standen. Aber was er sah und hörte, sagte ihm, dass da in Indochina etwas im Gange war, das für viele Menschen großes Unglück bedeutete. Er kannte zu diesem Zeitpunkt jedoch noch nicht die wirren Pamphlete der RAF, in der sie ihren mörderischen Kampf direkt vor ihrer Haustür mit der Revolution Ho Chi Minhs und dem fernen Vietnamkrieg rechtfertigten.

Natürlich hätte man ihnen in der Schule etwas über diesen großen Themenkomplex erzählen können. Spätestens ab Klasse sechs oder sieben. Die Zusammenhänge erklären. Gründe nennen. Aber das geschah nicht. Ihre Lehrer schienen starr vor Angst zu sein. Wie die Kaninchen im Angesicht der Schlange – oder des Radikalenerlasses. Der Angst, als Verfassungsfeind eingestuft zu werden, wenn man aus Versehen Partei für die falsche Seite ergriff.

So wurden mit ihnen weiter die angestaubten Geschichtsbücher abgearbeitet. Ohne einen Blick nach links oder rechts zu werfen. Ohne ansprechen zu wollen, was in diesem Moment da draußen geschah. Besser Deutsche Geschichte von den Anfängen bis kurz nach Ende des Zweiten Weltkrieges besprechen. Alles Themen, die umfassend aufgearbeitet worden waren, und über die ein allgemeiner Konsens bestand. Bloß nicht die Finger verbrennen durch eine beherzte, spontane Einschätzung.

Doch Sid wollte schon etwas darüber hören und vor allem darüber sprechen, was gerade – in diesem Moment – in seiner unmittelbaren Nähe und auf der Welt passierte. Er wollte sich nicht mit toter Geschichte befassen, also einem weit zurückliegenden Zeitraum, an dem man eh nichts mehr ändern konnte.

Umso mehr zogen ihn die aus dem Vietnamkrieg resultierenden Anti-Kriegsfilme in ihren Bann: *Coming Home* (1978), *The Deer Hunter* (1978), *Apocalypse Now* (1979), *Hair* (1979), *Birdy* (1984) *Platoon* (1986) und *Full Metal Jacket* (1987). Als Nachzügler auch *M*A*S*H* (1970), bei dessen Veröffentlichung Sid noch zu jung war.

Was in all diesen Filmen erzählt wurde und vor allem, auf welche Weise, das wurde Kinobesuch für Kinobesuch endlich seine lange ersehnte Geschichtskunde. Und damit auch zur Wahrheit über diesen Krieg. Ihm wurde unterschwellig bewusst, welche Macht diese Bilder hatten, die da vor großem Publikum auf der riesigen Leinwand vor ihnen auftauchten.

Was sie dort jeweils an „Wahrheiten" zu sehen bekamen, war durch anderslautende Zeitungs- oder Magazinberichte dann kaum noch zu widerlegen. Und zwar einerseits die Grausamkeiten, die junge wehrpflichtige amerikanische Männer als Soldaten erfahren mussten, aber auch die vielen großen und kleinen Verbrechen, die die USA in diesem barbarischen Krieg begingen.

Damit tauchte urplötzlich wieder der Gedanke auf, ob in den Pamphleten der RAF nicht doch mehr als ein Fünkchen Wahrheit stecken könnte.

Hätten diese gedanklichen Verirrungen durch einen an der Aktualität orientierten Unterricht in der Schule beseitigt oder geklärt werden können? Oder wären sie sogar noch mehr vertieft worden, wenn sie durch eher links orientiertes Lehrpersonal in eine ganz andere Richtung gelenkt worden wären? Darüber hat Sid sich oft Gedanken gemacht, kam jedoch zu keinem klaren Schluss.

Ihm wurde bald bewusst, dass sich Geschichte – in abgewandelter Form – wiederholt und man deshalb natürlich schon wissen muss, was vor Hunderten und Tausenden von Jahren passierte. Und wie es dazu kam. Genauso wie man auch in 1000 Jahren noch im Detail vermitteln sollte, wie es zur Entstehung des Dritten Reichs, zu WK2 und zum Holocaust kam – egal, was zu diesem Zeitpunkt dann gerade das brennende Thema sein würde. Aus dem Vergangenen kann man etwas für die Zukunft lernen. Nicht nur, aber die zugrundeliegenden Prozesse sind vergleichbar oder zumindest abstrahier- und hochrechenbar.

Insofern hatten natürlich die Geschichtsstunden, wie Sid sie in der Schule erfuhr, zu einem großen Teil schon ihren Sinn. Aber junge Menschen wie sie hätte man im Unterricht an einem ganz anderen Punkt abholen können – und vielleicht auch müssen: nämlich schlicht und einfach, indem man die Zusammenhänge am lebenden Objekt erklärte.

Am Beispiel des Vietnamkrieges hätte man in einem Aufwasch die Geschichte der im weitesten Sinne beteiligten Länder aufarbeiten können, wenn man bis zum Indochina-Krieg in den 1940er und 50er Jahren zurückgeht – damit auch die Geschichte unseres Nachbarlands Frankreich: die Revolution, die Monarchie und den damit verbundenen Kolonialismus. Amerikas Rolle im WK2 verbunden mit Rassentrennung, Sklaverei, Einwanderung und fast vollständiger Auslöschung der Indigenen – oder First Peoples, wie sie auch genannt werden. Die jüngere Geschichte der Sowjetunion, speziell Russlands bis weit zurück vor die Russische Revolution. Chinas Einfluss auf die Region und die Entwicklung und Geschichte dieses facettenreichen Landes. Alles Länder, die zu dieser Zeit und auch heute auf der Welt eine entscheidende Rolle spielten und spielen.

Auf jeden Fall hätte man das alles plastisch und spannend für junge wissbegierige Menschen aufarbeiten können.

Dass die RAF aber ein Thema war, das in der Schule weitgehend ausgeklammert wurde, war umso verwunderlicher, als deren Aktionen und Morde sich auch nach der Bombendrohung in Stuttgart 1972 noch über viele Jahre direkt vor ihren Augen abspielten. Immerhin fand nur wenige Kilometer von ihnen entfernt in Stuttgart-Stammheim ab 1975 medienwirksam der sogenannte Stammheim-Prozess statt. Zu dieser Zeit waren sie in der 7. Klasse. Die Gelegenheit, daraus einen spannenden und vor allem lehrreichen Unterricht zu gestalten:

Schillers *Die Räuber* mit der Thematik verbinden und damit die Entstehungs- und Entfaltungsbedingungen von

Gewalt gegen eine politische Ordnung reflektieren. Die Lehren von Karl Marx wie eine Blaupause über die Ideologie der RAF legen. Die durchaus berechtigten Ideen des Kommunismus mit ihrer Umsetzung in den sozialistischen Staaten auf der Welt vergleichen. Eine vielversprechende Theorie mit dem Schrecken und gewaltbehafteter Unterdrückung Andersdenkender in der Praxis. Revolutionsführer – Heilsbringer –, die sich nach Zerschlagung des Kapitals und Sturz von Monarchen als weitaus schlimmere Despoten erweisen.

Auf Tuchfühlung mit der RAF kam Sid dann schließlich doch 1977 während des sogenannten Deutschen Herbstes. Und das Thema rückte ihm mit einem Mal so nahe, dass es gleich zusätzlich seine Perspektive änderte.

Als Arbeitgeberpräsident Hanns Martin Schleyer am 5. September von der RAF entführt worden war, hielten die Terroristen das Land mit ihrer Forderung nach Freilassung von elf inhaftierten RAF-Mitgliedern und Androhung der Ermordung des Arbeitgeberpräsidenten über sechs Wochen in Atem.

Die Entführung mit der darauf folgenden Fahndung nach den Terroristen sowie die fieberhafte Suche nach Schleyers Versteck waren ein Medienereignis für Sid bisher unbekannten Ausmaßes. Keiner konnte sich diesem Thema entziehen. Es verfolgte einen rund um die Uhr.

Für die Erwachsenen war die RAF sicher schon ein zentrales Thema dieser Zeit. Aber für junge Menschen war es definitiv zu viel verlangt, alle Meldungen und Vermutungen richtig einzuordnen.

Sid war der Nachrichtenflut hoffnungslos ausgeliefert, obwohl diese sich damals für ihn noch auf die Stuttgarter Zeitung bei ihnen zuhause, den Bild-Zeitungs-Titel am Kiosk und drei Fernsehsender beschränkte. Das Foto, das die Entführer von Schleyer in seiner Gefangenschaft gemacht hatten – mit dem fünfzackigen Stern, der Maschinenpistole und den drei Buchstaben „RAF" im Hintergrund –, bestimmte lange Zeit die Nachrichten. Es prägte sich für immer bei jedem ein, der damit konfrontiert worden war.

Es wurde aber auch thematisiert, dass der Arbeitgeberpräsident keine weiße Weste hatte, was seine NS-Vergangenheit betraf. Schleyer war SS-Führer und in der besetzten Tschechoslowakei für Arisierungen und Rekrutierung von Zwangsarbeitern zuständig gewesen. Er war in nationalsozialistischen Jugendorganisationen aktiv und später in der Nationalsozialistischen Studentenschaft engagiert. Er war kein Mitläufer, sondern hatte die Ideologie der Nationalsozialisten viele Jahre aktiv unterstützt.

Zur Verantwortung gezogen wurde er dafür jedoch nie.

Tat dies nun also, an Stelle des auf dem rechten Auge blinden Staates, die RAF?

Als jemand, der von einem eher links eingestellten Elternhaus geprägt worden war, nahm Sid diesen Aspekt begierig auf. Er fand die Idee plausibel, dass die RAF eigentlich gar keinen Unschuldigen in der Mangel hatte. Dieser aufflammende Gedanke wurde aber sofort von der Tatsache ausgelöscht, dass die Terroristen bis zum Zeitpunkt der Entführung bereits mehrere Menschen ermordet hatten. Bei der Entführung Schleyers hatten sie zudem seine drei Personenschützer und seinen Fahrer kaltblütig und vorsätzlich erschossen. Es gab also nicht den geringsten Grund, die Aktion der Terroristen zu rechtfertigen – selbst wenn sie der 68er-Protestbewegung entwachsen waren, die tatsächlich viele Gründe für ihren Protest gehabt hatte.

In einem SPIEGEL-Interview am 29.02.2024 fasst der Historiker Robert Wolff die Entwicklung sehr gut zusammen:

„SPIEGEL: Die RAF entstand 1970 nach der Befreiung von Andreas Baader aus der Haft. Welche gesellschaftliche Stimmung herrschte damals?

Wolff: Schon in den Sechzigerjahren hatte der Generationenkonflikt zur Bildung der Studentenbewegung geführt. 1968 hatte der Bundestag die umstrittenen »Notstandsgesetze« verabschiedet, die etwa ein Vorgehen der

Bundeswehr auch gegen die eigene Bevölkerung erlaubten. Faschismusvorwürfe gegen den Staat wurden laut. Denn diese Gesetze wurden von Menschen mitentwickelt, die eine NS-Vergangenheit hatten. Es gab die Angst, die Bundesrepublik könne in einen NS-Staat zurückfallen. Nachdem die Studentenbewegung zusammengebrochen war, bildeten sich kleine Gruppen heraus, die sich wie ihre internationalen Vorbilder für Gewalt entschieden.

SPIEGEL: Die erste RAF-Generation um Andreas Baader, Gudrun Ensslin und Ulrike Meinhof konnte anfangs auf Sympathien aus der Linken zählen. Wie kam das?

Wolff: Sie sprachen die großen Themen der Zeit an. Gerade der Vietnamkrieg war ein mobilisierendes Element, seit 1965 kämpften dort amerikanische Soldaten auf der Seite von Südvietnam gegen den kommunistischen Norden. Jeder, der sich damals als links begriff, musste sich dazu verhalten. Denn Deutschland war ein Zwischenlandeplatz im Vietnamkrieg und wurde als Geheimdienstbastion der Amerikaner genutzt. Der RAF gelang es besonders am Anfang, den Antikapitalismus und Antiimperialismus der Linken zu kanalisieren. Mit der RAF-Anschlagsserie und der Ermordung des ersten Polizisten in den Jahren 1971 bis 1972 änderte sich das Bild aber. Danach gab es auch vom Großteil der Linken massive Gegenwehr.“

Hinzu kamen solch emotional aufladende Ereignisse wie die Erschießung des Studenten Benno Ohnesorg bei einer Demonstration am 2. Juni 1967. Hier tauchte der immer lauter werdende Vorwurf auf, dass dies durch einen nach wie vor faschistischen Polizeiapparat begünstigt worden war. Mit dem Attentat auf Rudi Dutschke am 11. April 1968 – den Wortführer der Studentenbewegung der 1960er Jahre – begann der Zerfall der Protestbewegung, aus der schließlich die Rote Armee Fraktion hervorging.

Wenn man den gesamten Themenkanon der westdeutschen Studentenbewegung betrachtet, die in vielen Teilen extrem linke und damit sicher nicht die Positionen der Bevölkerungsmehrheit vertrat, so rückt – neben sexueller Selbstbestimmung und antiautoritärer Erziehung – ein Punkt in den Fokus, bei dem offensichtlicher Handlungsbedarf bestand.

Die oben zitierten Faschismusvorwürfe gegen den Staat waren nicht aus der Luft gegriffen. Tatsächlich waren auch 15-20 Jahre nach Ende des Dritten Reichs trotz Entnazifizierung, Aufarbeitung der NS-Zeit und Neustart mit Demokratie und Grundgesetz immer noch – oder wieder – viele ehemals aktive Unterstützer des NS-Regimes in wichtigen politischen und wirtschaftlichen Positionen tätig. Besonders brisant war der Umstand, dass viele Richter und Staatsanwälte während der NS-Zeit Strafverfahren geleitet und Todesurteile gefällt hatten und nun eine erfolgreiche Nachkriegskarriere machten.

Eines Tages war Sid zu Besuch bei einem Schulfreund, der ziemlich wohlhabende Eltern hatte. Sie schauten sich eine der Vorabendserien an, als Nikos älterer Bruder nach Hause kam. Er war aufgewühlt, das fiel Sid sofort auf. Niko und er wurden von den Eltern rausgeschickt, dann setzten sich die Älteren zusammen und unterhielten sich.

In seinem Zimmer im ersten Stock erzählte Niko seinem Freund Sid unter dem Mantel der Verschwiegenheit, dass sie mit der Familie Schleyer eng befreundet seien. Sein Bruder war mit dem jüngsten der vier Schleyer-Söhne zur Schule gegangen, woraus eine Freundschaft der beiden Familien entstanden war.

Sid war baff. Aber sein Groll, der gleich im Anschluss darüber entstand, dass sein Freund ihm dies nicht schon ein paar Wochen vorher, direkt nach der Entführung, erzählt hatte, verschwand schnell wieder. Niko versicherte ihm, dass er von seinen Eltern die strikte Anweisung erhalten hatte, die Sache absolut geheim zu halten. Aber die sich immer weiter zuspitzende Situation bewegte ihn mittlerweile dermaßen, dass er Sid in diesem Moment ins Vertrauen zog.

Sein älterer Bruder war demnach gerade von einem Besuch bei der Familie des Entführten zurückgekehrt und tauschte sich nun mit seinen Eltern aus. Keine Fahndungs- oder Ermittlungsdetails, versicherte ihm sein

Freund. Nichts, was kriminalistisch irgendwie verwertbar gewesen wäre. Vor allem gingen die Gespräche immer wieder darum, was für eine Katastrophe die Entführung des Familienoberhauptes innerhalb der Familie Schleyer anrichtete.

Als Niko Sid das erzählte, veränderte sich seine Perspektive von einem Moment auf den anderen. Davor war das Entführungsopfer jemand Fremdes. Jemand, den Sid nicht mochte. Nach den wenigen Worten seines Freundes, die nicht einmal einen allzu detaillierten Einblick in das gaben, was sich im Hause Schleyer die Wochen zuvor und nun gerade abspielte, konnte Sid sich plötzlich vorstellen, wie das war:

Er hatte plötzlich das Bild vor Augen, wie *sein* Vater in einem dunklen Verließ ausharren musste. Bei Wasser und Brot. Und mit einer Waffe an der Schläfe. Wie sie ihn anbrüllten, ihm drohten und versuchten, etwas aus ihm herauszubekommen. Wie er schwitzte, zitterte und flehte. Und dann in sich zusammensackte. Wie seine Mutter in der Nacht wach lag, betete, verzweifelte, weinte. Wie sie alle keine Antwort finden konnten. Hoffnung hatten und doch mit dem Schlimmsten rechneten. Beschwichtigungen von höchster Regierungsebene, aber keinerlei Zugeständnisse gegenüber den Erpressern.

In diesem Moment verwandelte sich das Bild des Entführten in das, was er nun einmal war: ein Mensch, der gegen seinen Willen in Gefangenschaft gehalten wurde. Und das, damit seine Peiniger politische und persönliche Ziele umsetzen konnten, die eigentlich überhaupt nichts mit der Person, die sie da gefangen hielten, zu tun hatten.

Und sie gingen nicht mehr weg aus seinem Kopf – die Ehefrau, die vier Söhne von Schleyer. Sie nisteten sich dort ein, ohne dass Sid ihre Gesichter jemals zuvor gesehen hatte.

In den folgenden Tagen und Wochen bekam Sid von Niko immer wieder kurze Stimmungsbilder vermittelt. Zumindest, soweit Niko es wiederum aus den knappen Erzählungen des Bruders und seiner Eltern herauslesen konnte. Es waren nur Informationsfetzen, die aber ausreichten, um die ganze Tragweite dieser Entführung zu begreifen. Und wie die Familie daran zerbrach. Sids Position war nun klar – links prägendes Elternhaus hin oder her. Und daran änderte sich auch kaum etwas, während die RAF die nächsten Jahre weiter mordete. So viele gute Gründe sie auch medienwirksam für die Auswahl ihrer jeweiligen Opfer meinte anführen zu können.

Was die Entführung von Hanns Martin Schleyer betraf, so war mit den Berichten des Schulfreundes aber noch lange nicht die nächstmögliche Nähe zu dieser Tragödie erreicht. Erst einmal explodierte das Thema förmlich, als am 13. Oktober 1977 die Lufthansa-Maschine Landshut entführt wurde. Die Geiselnahme durch vier palästinensische Terroristen dauerte fünf Tage und sollte den Druck zur Freilassung von Gesinnungsgenossen der RAF aus deutschen Gefängnissen erhöhen. Doch dieser Plan misslang: Das Flugzeug wurde am 18. Oktober auf dem Flughafen Mogadischu von der GSG 9 gestürmt und alle Geiseln befreit. In der Todesnacht von Stammheim begingen kurz darauf drei der führenden Mitglieder der ersten Generation der RAF Suizid. Was wiederum die Ermordung Hanns Martin Schleyers durch die Entführer zur Folge hatte.

Mit seinen Eltern sprach Sid in der Zeit während dessen Entführung nie über Schleyer. Im Gegensatz zu vielen anderen Themen aus Gesellschaft, Geschichte, Politik oder Kultur, die in Gegenwart der Kinder bei Tisch offen angesprochen wurden, war alles rund um die RAF kein Gespräch wert. Sid selbst hatte Hemmungen, die Entführung Schleyers gegenüber seinem Vater anzusprechen. Noch undenkbarer war es, davon zu erzählen, dass die Familie seines Schulfreundes mit der Familie Schleyer eng befreundet war und Sid einige Interna erzählt bekommen hatte. Seine Eltern waren zwar ebenfalls mit der Familie seines Schulkameraden befreundet und sie respektierten sich gegenseitig. Aber man stammte jeweils aus ganz unterschiedlichen Verhältnissen und die politischen Ansichten konnten sich nicht stärker widersprechen.

Sid hatte Angst, dass sein Vater – der Salon-Sozialist –, wenn er Schleyer erwähnte, sofort über all die Wirtschaftsbonzen herziehen würde. Und genau das aussprach, was Sid insgeheim ja selbst anfangs dachte. Und er hatte Angst, dass sein Vater gerade bei Schleyer bekunden würde, dass es diesem ganz recht geschähe, was gerade mit ihm passierte.

So kannte er seinen Vater. So etwas hatte er all zu oft bei Tisch erlebt. Dass sein Vater über die Privilegierten herzog, die es aus seiner Sicht in den allermeisten Fällen nicht verdienten, dass sie so viel Geld und Macht auf Kosten und durch die harte Arbeit ihrer Untergebenen erlangt hatten. Sid dachte zwar ähnlich – wahrscheinlich durch die Prägung seines Elternhauses. Aber er wollte das alles nicht in diesem Zusammenhang von seinem Vater ausgesprochen hören. Das hätte er nicht ertragen.

Sids Vater stammte aus einer klassischen Arbeiterfamilie, die in einer nüchternen Arbeitersiedlung in Stuttgart-Zuffenhausen wohnte. Seine Oma arbeitete, als sie seinen Opa kennenlernte, als Stepperin beim Schuhhersteller Salamander in Kornwestheim. Sids Opa war gelernter Maschinen-Former und arbeitete als Stahlgießer bei Bosch in Stuttgart Feuerbach. Diese Arbeit ruinierte über Jahre seine Gesundheit und machte ihn mit 55 arbeitsunfähig.

Die Firma Bosch, deren Gründer Robert Bosch heute noch als leuchtendes Vorbild für sein soziales Engagement gegenüber seinen Arbeitern und Angestellten gilt und die für ihre technischen Innovationen bekannt ist, verschweigt gerne, dass es hinter den strahlenden High-tech-Kulissen auch diesen schmutzigen und gesundheitsgefährdenden Arbeitsbereich gab.

Seinen Opa hat Sid eigentlich nur als kranken Mann erlebt, der ständig hustete. Eine Staublunge als Folge seiner Arbeit am Hochofen. Aber wenn er einmal gut aufgelegt war, was nicht oft der Fall war, erzählte er von seiner Jugendzeit in Zürich, wo er im Jahr 1900 geboren wurde. Dort hatte er, und darauf war er immer stolz, als junger Aushilfskellner Lenin bedient, als dieser 1916/1917 während seiner Zeit im Schweizer Exil in Zürich wohnte. Mehrmals sei das gewesen und Lenin wäre ihm immer mit Respekt begegnet.

Da die Mutter von Sids Opa Deutsche war und die Eltern sich, als sein Opa ein junger Mann war, getrennt hatten, musste dieser sich irgendwann entscheiden, ob er Deutscher oder Schweizer sein wollte. Das war Mitte der 1920er Jahre und nach seiner Aussage damals nicht absehbar, was sich ab 1933 in Deutschland zusammenbrauen würde. Und da Sids Opa seiner Mutter näherstand als seinem Vater, machte er den großen Fehler, sich für Deutschland zu entscheiden. Unabhängig von der Nähe zu seiner Mutter hat es sich sein Opa nie verziehen, dass er sich nicht für sein Geburtsland entschieden hatte. Denn anders als viele Deutsche, die der Ideologie der Nazis ohne Zögern gefolgt waren, war es für ihn als überzeugten Kommunisten eine Zeit, die er unter vielen Repressalien gerade so überlebte.

Sid nahm die Eltern seines Vaters immer als äußerst bescheidene Leute wahr, die nie Urlaub machten. Keine der Mietwohnungen im Haus besaß ein Bad, jeweils lediglich eine Toilette. Erst in den späten 1980er Jahren wurde dann nachgerüstet, während die Bewohner weiterhin in dem Haus wohnten. Bis dahin gab es eine stählerne Badewanne für alle in einem der hinteren Kellerräume. Auf einer im Flur aushängenden Liste konnten sich die Bewohner da jeweils eine Woche im Voraus für einen Badetermin eintragen.

Sid kam selbst mehrfach während seiner Übernachtungen bei Opa und Oma in den Genuss dieses Vergnügens. Und wenn er daran zurückdenkt, fällt ihm manche Szene aus einem der Horrorfilme ein, die er mittlerweile gesehen hat:

Eine nur spärlich beleuchtete Kellertreppe. Der untere Teil von oben her kaum erkennbar. Im langen, düsteren Kellerflur links und rechts Bretterverschläge, in denen entweder Kartoffeln oder Gerümpel oder beides zusammen gelagert wurde. Ganz hinten, am Ende, durch einen Spalt in der dortigen einzigen massiven Tür, drang ein grelles Licht aus dem Heizungskeller hervor. Die Badewanne stand in einem winzigen gefliesten Nebenraum neben dem gigantischen Heizkessel. Bevor man das Bad nahm, musste man über ein Stellrad ein Ventil öffnen und einen an dem Heizkessel angeschlossenen Wasserboiler aufheizen, aus dem man dann das heiße Wasser in die Wanne fließen ließ.

Während Sid von viel Schaum bedeckt in der Badewanne saß, vernahm er immer laute Pochgeräusche, begleitet von einem regelmäßigen Klirren und Rattern. Er kam sich vor wie in einem Schiffsbauch, direkt neben den Dampfkesseln, die über Turbinen die Schiffsschrauben antrieben. Wenn er daran zurückdenkt, wird dieses beängstigende Szenario nur durch das freundliche Gesicht seiner Oma erhellt. Sie stand die ganze Zeit neben ihm und achtete darauf, dass er in dem riesigen Stahltrog nicht unterging und ertrank.

Sids Vater erzählte immer mal wieder, dass er es als Einziger seiner Generation aus dieser Arbeitersiedlung herausgeschafft hatte. Alle anderen hatten wie ihre Väter ein Handwerk gelernt oder waren als Hilfsarbeiter in einer der umliegenden Fabriken gelandet. Dass Sids Vater dann an der Kunstakademie Innenarchitektur studierte, wurde von dessen Vater als Verrat an der Arbeiterschaft gesehen. Durch seine harte Arbeit war er verhärmt, und seine Erziehungsmethoden müssen sehr streng gewesen sein. Und obwohl Sid seine Oma als äußerst liebevolle und fürsorgliche Frau in Erinnerung hatte, so hat sie sicherlich den rauen Ton, der zuhause herrschte, nur marginal glätten können.

Aber die Verantwortung gegenüber den Arbeitern und denen, die die Bänder und Maschinen am Laufen hielten, hatte Sids Vater mit Leib und Seele verinnerlicht. Auch später, als er schließlich nach einer langen und strapaziösen Karriere mit Tausenden von Überstunden – die er nicht als Überstunden, sondern als notwendigen Einsatz für einen Beruf sah, der ihn begeisterte – der Leiter eines großen Architekturbüros wurde, hob er seinen Kindern gegenüber immer die Notwendigkeit und die Verpflichtung hervor, den Menschen, die die Arbeit an der Basis erledigten, den größten Teil des Lohns zukommen zu lassen. Das erklärte für sie auch, warum ihr Vater nur einen mittlerweile über 10 Jahre alten Citroen fuhr, während andere Architekten seines Kalibers in einer Mercedes S-Klasse, einem 7er BMW oder einem Porsche 911 saßen.

In dieser Atmosphäre bei ihnen zuhause war es fast unmöglich, entspannt über bekannte Persönlichkeiten zu sprechen, die viel Geld hatten und ihren Reichtum vor dem internationalen Boulevard offen zur Schau stellten. Für Sid und seine jüngere Schwester waren diese Personen schillernde Figuren und aus ihrer noch naiven, kindlichen und später jugendlichen Sicht faszinierend. Wohingegen sie für ihren Vater bis auf ganz wenige Ausnahmen Hassfiguren darstellten, über die er stundenlang lästern konnte.

Während sie aufwuchsen, war das Geld der Familie immer knapp. Wenn sie mit dem Peugeot und später mit dem Citroen in den Urlaub fuhren, dann übernachteten sie oft im Zelt, auf der Wiese bei einem österreichischen, slowenischen oder griechischen Bauern, den man vorher um Erlaubnis gefragt hatte. Nicht, weil sie es so romantisch gefunden hätten. Stiegen sie dann doch einmal in einem einfachen Hotel ab, so gab es im Hotelrestaurant abends nur einen Käseteller für alle vier. Wenn sie aus dem Urlaub zurückkehrten und dann doch von ihrer Zeit in der Natur oder der Besichtigung alter Kulturstätten schwärmten, bekamen sie von vielen ihrer Freunde zu hören, zu welch tollen Stränden sie mit der Lufthansa geflogen waren und wie viele Spielzeuge sie von der Stewardess bekommen hatten.

Es war schon Jahre her, dass Hanns Martin Schleyer von seinen Entführern ermordet worden war, da erwähnte Sids Vater bei einem gemeinsamen Essen mit stockender Stimme, dass er etwas Schlimmes erzählen müsse. Er machte eine Pause und Sid konnte sich nicht vorstellen, worum es gehen sollte. Dann fuhr sein Vater leise fort, dass einer der Personenschützer, der bei der Entführung Schleyers damals kaltblütig erschossen wurde, ein Freund aus Schulzeiten war. Er habe es lange nicht aussprechen können, aber nun müsse er es einfach loswerden.

Sid war sprachlos, als sein Vater dies einfach so aus dem Nichts heraus erzählte. Aber im nächsten Moment wurde ihm bewusst, dass er seinen Vater mittlerweile doch ganz gut kannte. Und in ihm war schon lange der Verdacht aufgekommen, dass sein Vater damals, nachdem er bereits drei Jahre als Möbeltischler gearbeitet hatte, mit seinem Wechsel an die Kunstakademie ganz bewusst mit seiner Vergangenheit brach. Er hatte sich entschlossen, dem engen Milieu, dem er entstammte, für immer den Rücken zu kehren. Und er hatte tatsächlich was aus seinem Leben gemacht. Aber wenn man es von außen betrachtete, dann kämpfte da zeitlebens in ihm ein Dämon, der ihn auf Schritt und Tritt an seine Herkunft erinnerte.

Aus Sids Perspektive entstand daraus eine Diskrepanz, die einerseits viel Gutes mit sich brachte. Als führender Partner des Architekturbüros hat er die Karrieren vieler unter und neben ihm arbeitenden Architekten gefördert. Und sie wurden bei ihm – ganz im Gegensatz zur Gepflogenheit bei internationalen Star-Architekten – alle überdurchschnittlich gut bezahlt. Aber nach seinem Tod wurde auch berichtet, dass er in vielen Arbeitssituationen ein Despot fast unerträglichen Ausmaßes war, der brüllend wütete, wenn ihm ein Entwurf oder eine Arbeit nicht passte und ausschließlich seine Ansicht gelten ließ. In gewissem Maße verhielt er sich auf der Arbeit genauso wie bei ihnen zuhause. Was in sein Denkschema passte, wurde auf eine fast schon überschwängliche Art gelobt und nachhaltig gefördert. Was seiner Weltsicht jedoch widersprach, wurde lautstark und mit nicht enden wollenden Hasstiraden niedergeknüppelt.

Es gibt viele Persönlichkeiten aus Politik und Kultur, den Geisteswissenschaften und den schönen Künsten, der Naturwissenschaft oder der Wirtschaft, die man als Vergleich heranziehen könnte. Genies in ihrem Gebiet, aber auf ihrer Schattenseite und in ihrem Verhalten gegenüber Menschen in ihrer unmittelbaren Umgebung charakterlich zwiespältig bis unerträglich. Die gab es und es wird sie immer geben. Aber Sid nutzte diese Einsicht wenig. Er musste Tag für Tag mit dieser Diskrepanz auf der anderen Seite des Esstisches leben.

„Hätte sich mein Opa, der Malocher, aus seiner menschenunwürdigen Arbeitssituation von einem schießwütigen und bombenlegenden Mob befreien lassen wollen? Hätte er es gutgeheißen, dass in seinem Namen Menschen ermordet werden? Nur, damit die Gesellschaft dann die würde, die die mordenden Revoluzzer für die beste hielten?"

Sid hatte sich ein paar Mal überlegt, seinem Vater so eine Frage zu stellen. Aber er hatte es nie gewagt. Denn obwohl sein Vater täglich lange Reden hielt, konnte er sich nie sicher sein, auf wessen Seite er gerade stand. Es hätte sein können, dass er diese Frage interessant und diskutierenswert gefunden hätte. Aber bei Sid überwog die Angst, mit diesem dummen Gedanken ein Donnerwetter über sich zu bringen, das alles in den Schatten stellte, was er davor hatte erleben müssen.

Aber am Tag, als er von seinem ermordeten Schulfreund erzählte, war Sid sicher, wessen Position sein Vater vertrat. Zumindest in diesen paar Minuten konnte Sid davon ausgehen, dass er uneingeschränkt auf der Seite des Opfers stand. Jedoch: Ihn auch nach seiner Position gegenüber dem ermordeten Arbeitgeberpräsidenten zu fragen, das getraute er sich selbst in diesem Moment nicht.

Die Namen der Getöteten waren 1977 schon kurze Zeit

nach der Entführung Schleyers bekannt gegeben worden. Aber Sids Vater hatte den einen Namen, den er damals in der Zeitung las, nicht sofort mit seinem alten Schulfreund aus Zuffenhausen in Verbindung gebracht. Der Name Schleyer dominierte einfach alles. Sids Vater hatte darüber hinaus auch keinen Kontakt mehr zu seinem Schulfreund gehabt und es gab auch keinen anderen Freund aus diesem Umfeld, der ihm die schlimme Nachricht hätte überbringen können.

Erst einige Zeit später sei bei ihm der Groschen gefallen, was ihm für einen Moment den Boden unter den Füßen weggezogen habe. Da wäre plötzlich wieder das Gesicht dieses fröhlichen Jungen vor seinem inneren Auge aufgetaucht, seine lebendigen Pfirsichbäckchen. Er erinnerte sich, was für ein eher besonnener Charakter dieser Freund gewesen war. Definitiv kein Draufgänger und schon gar kein Waffennarr. Er war, als ihm das Leben genommen wurde, schlicht jemand, der in der Ausübung seines Berufes etwas Sinnvolles tun wollte. Dann schossen die Terroristen 60 Kugeln in ihn.

60 Kugeln ...

60 Kugeln im Namen der unterdrückten Arbeiterklasse. Hätte Sids Opa dies gewollt?

Was für ein absurder Gedanke!

Aber im Gesamtzusammenhang nicht ganz unbegründet.

Sids Vater fügte noch hinzu – und dabei nahm sein Bericht einen sachlichen Ton an –, dass die anderen beiden Personenschützer, die mit seinem Schulfreund zusammen im Begleitfahrzeug saßen, erst 20 und 24 Jahre alt gewesen seien, als sie sterben mussten. Und dass sie von jeweils 21 und 26 Kugeln getroffen worden seien. Diese grausamen Details wisse man mittlerweile. Über Schleyers Fahrer, der ebenfalls am Entführungsort erschossen worden war, konnte oder wollte er nichts Näheres sagen.

Wenn man den Jahrzehnte später entstandenen Spielfilm *Der Baader Meinhof Komplex* von Uli Edel und Bernd Eichinger betrachtet, der wiederum auf dem Buch von Stefan Aust beruht, so kann man vielleicht nachvollziehen, warum Sid in den Taten der RAF ursprünglich für einen kurzen Moment etwas Sinnvolles zu finden versuchte.

Der Anfang des Films zieht den Zuschauer sofort ganz auf die Seite der Demonstrierenden und schürt den Hass auf den Staat und seine brutalen Sicherheitskräfte. Zu sehen ist, wie es beim Staatsbesuch des Schahs Mohammad Reza Pahlavi in West-Berlin zur gewaltsamen Auflösung einer Demonstration kommt und ein Polizeibeamter den Studenten Benno Ohnesorg vor der Deutschen

Oper erschießt. Wenig später wird Studentenführer Rudi Dutschke auf offener Straße von einem jungen Hilfsarbeiter angeschossen und schwer verletzt. In der Folge finden Proteste vor dem Verlagsgebäude des Axel-Springer-Verlages statt, an denen auch Ulrike Meinhof teilnimmt. Aus Protest gegen den Vietnamkrieg kommt es zu Brandstiftungen in zwei Frankfurter Kaufhäusern, die Täter werden am nächsten Tag gefasst. Ulrike Meinhof schreibt als Journalistin über den Prozess und lernt dabei die angeklagten Studierenden Gudrun Ensslin, Thorwald Proll und Andreas Baader kennen. Die Ereignisse nehmen ihren Lauf.

Dass aus anfänglichem, begründetem Protest und Anarchie bei einigen Akteuren schließlich skrupellose Gewalt wurde, die in gezielten Morden gipfelte, ist für Sid heute immer noch unverständlich. Was hätten diese Leute erreichen können, wenn sie nicht mit Pistolen, Maschinengewehren und Bomben ihre Ideologie hätten durchsetzen wollen, sondern mit Worten? Als gewählte Politiker oder mit gewaltfreien Aktionen, wie sie z. B. Greenpeace, die Friedensbewegung oder die Blockierer von Mutlangen gegen die geplante Stationierung von nuklearen Pershing II-Raketen umsetzten. Dieser Vergleich zeigt aber auch sofort, dass viele dieser Aktionen nicht wirklich zu Veränderungen führen, sondern lediglich Zeichen setzen. Meist bleibt es dabei, dass sich die Demonstrierenden durch ihren Protest Luft gemacht haben.

Und das war es dann auch schon.

Die RAF wollte stattdessen aber einen schnellen Umsturz herbeiführen, ohne große Umwege. Das System, welches ihnen so verhasst war, mit roher Waffengewalt auf die Knie zwingen.

Doch dafür hätten sie auf eine kluge Art auch die Massen mobilisieren müssen, was sie nicht gemacht haben. Mit ihren Taten und wirren Pamphleten agierten sie vollkommen an ihrer Zielgruppe vorbei. Ein unreflektierter, aber auch egoistischer, ja vollkommen selbstzentrierter Aktionismus. Aus Sicht eines Marketingstrategen dilettantisch und ohne Businessplan.

Die 68er-Bewegung, aus der die spätere RAF hervorging, war Sid tatsächlich schon in sehr jungen Jahren ein Begriff gewesen. Ein Grund war sicherlich, dass im Bekanntenkreis seiner Eltern einige Leute verkehrten, die in dieser Gruppierung aktiv tätig waren und dies bei den Festen seiner Eltern auch teils lautstark zur Sprache brachten. Diese Leute bildeten in ihren Runden allerdings eher eine Minderheit, weswegen sie auf launige Art immer schnell von den anderen, eher kulturell interessierten Gästen zum Schweigen gebracht wurden: Die Politik hatte aus deren Sicht an so einem Abend keinen Platz.

Sid bekam über sein Elternhaus also über diese Thematik bereits sehr früh viel mit, wenn auch auf teils verbal sehr provokante und – was die Gäste betraf – reichlich alkoholvernebelte Art. Umso mehr hätte ihn dann doch der Standpunkt von Geschichtslehrern interessiert, die er zu seiner Schulzeit für eine wichtige, unabhängige Instanz hielt. Sie hätten die zeitgeschichtlichen Zusammenhänge von einer nüchternen und neutralen Position aus beurteilen und darstellen können – und müssen.

Als am 27. Februar 2024 die Erfolgsmeldung herausgegeben wurde, dass die Ermittlungsbehörden am Vorabend nach über 30-jähriger Fahndung ein Mitglied des sogenannten RAF-Rentner-Trios gefasst hatten, rückte das Thema „Rote Armee Fraktion" nach Jahrzehnten des Vergessens plötzlich wieder ins kollektive Bewusstsein.

Für Sid aber war das Thema nie aus der Welt gewesen. Für ihn war es jederzeit präsent.

Jedes Mal, wenn er an einem Messeparkplatz ganz in der Nähe vorbeifuhr, musste er daran denken, wie er Mitte der 1980er Jahre dort zweimal direkt in den Lauf einer Maschinenpistole blickte. Nach über 6-jähriger Pause hatte die RAF zu diesem Zeitpunkt überraschend wieder begonnen, nacheinander mehrere Führungspersönlichkeiten zu ermorden. Daher wurden in vielen Städten Westdeutschlands aufwändige Ringfahndungen durchgeführt.

Unvermittelt in eine Verkehrskontrolle zu geraten und von schwerbewaffneten Polizisten von der Straße auf einen Parkplatz gewinkt zu werden, war keine Seltenheit. Man hatte diese Bilder oft in den Fernsehnachrichten gesehen. Aber dann selbst diese vollautomatische Waffe mit dem Finger am Abzug direkt vor die Nase gehalten zu bekommen – die dunkle Mündung des Laufs, 40 Schuss dahinter im Magazin – dieser Moment blieb für immer im Gedächtnis hängen.

Nach der Jahrtausendwende wurde man – abgesehen von der Mordserie des NSU und von rechtsextremen Einzeltätern – eher mit internationalem Terrorismus konfrontiert. Infolge dessen patrouillierten Polizisten oder Soldaten mit Maschinengewehren durch Paris oder über das Ausstellungsgelände der Biennale Arte in Venedig. Diesen Anblick ist man mittlerweile gewohnt, und man fühlt sich dabei tatsächlich sogar ein klein wenig sicherer. Im Gegensatz zu den Maschinenpistolen der Polizei in den 80ern halten diese Kräfte die Mündung ihrer Waffen meist zu Boden gerichtet.

Für Sid als jungen Menschen war die direkte Begegnung mit der Maschinenpistolenmündung Mitte der 80er jedoch alarmierend.

Trotz Bundeswehrzeit.

Oder vielleicht gerade deswegen.

Er sah sofort, dass der Sicherungshebel in Schussabgabestellung stand. Dann war es nur noch die Handballensicherung, die verhinderte, dass sich – aus Versehen oder mit voller Absicht – ein Schuss lösen konnte. Oder sich das gesamte Magazin in sein Gesicht entleerte.

Gerade die Uzi war berüchtigt für ihre Unberechenbarkeit. War die Mechanik nicht korrekt gewartet, hatte sich die Fangkralle des Verschlusses mit der Zeit abgenutzt, oder war ihre Feder erlahmt, konnte sich selbst im gesicherten Zustand ein Schuss aus der Maschinenpistole lösen. Und nur einer hätte gereicht.

Aber noch ein weiterer Punkt ist dafür verantwortlich, dass das Thema RAF für Sid so omnipotent besetzt ist. Egal, von welcher Seite man sich ihm nähert. Die RAF hatte in ihrer Hochzeit äußerst prominente Sympathisanten: darunter der Schriftsteller Heinrich Böll, der französische Philosoph Jean-Paul Sartre und die Filmemacher Margarethe von Trotta und Volker Schlöndorff. Auch wenn diese berühmten Kulturschaffenden ihre Sympathien für die RAF mittlerweile widerrufen, relativiert, als falsch verstanden und aus dem Kontext gerissen deklariert haben, so bleibt ihr Engagement doch im Gedächtnis. Sie sind durch ihren kulturellen Star-Status gewissermaßen Testimonials, die es zumindest legitim erscheinen lassen, sich einzelne Ideen der RAF hin und wieder ins Gedächtnis zu rufen.

Der Schriftsteller Heinrich Böll hatte 1972 im SPIEGEL einen Artikel veröffentlicht, in dem es unter anderem hieß: *„Es kann kein Zweifel bestehen: Ulrike Meinhof hat dieser Gesellschaft den Krieg erklärt. Es ist inzwischen ein Krieg von sechs gegen 60 Millionen, ein sinnloser Krieg. Ulrike Meinhof will möglicherweise keine Gnade. Trotzdem sollte man ihr freies Geleit bieten, einen öffentlichen Prozess."*

Die zwei Worte „freies Geleit" wurden Böll schnell zum Vorwurf gemacht und innerhalb kürzester Zeit wurde er als Sympathisant hingestellt. Was er aber lediglich sagen wollte, war, dass man Meinhof eine Chance geben sollte, sich wenigstens zu erklären und als Mensch behandelt zu werden.

Böll sah sich in der Folge als Opfer einer Medienkampagne, die ihn als Sympathisanten der Terroristen darstellte. Aus seinen damit verbundenen Erfahrungen mit der Boulevard-Presse entstand 1974 seine Erzählung *Die verlorene Ehre der Katharina Blum*, die 1975 von dem Autorenfilmer-Paar Volker Schlöndorff und Margarethe von Trotta verfilmt wurde. Und wie Böll wurden die beiden nach der Premiere des Films von Gesellschaft und Politik sofort angefeindet. Dabei war es sicher nicht hilfreich, dass sie im Zusammenhang mit der Promotion für ihren Film vor allem auf die in ihrem Werk dargestellten, menschenverachtenden Praktiken der Boulevardpresse abhoben, als sich von den Taten der RAF verbal deutlich zu distanzieren.

Aber auch so arrivierte Musiker wie der Sänger Marius Müller-Westernhagen äußerten damals ihre Kritik an der Staatsmacht.

Westernhagen sang: *„Ein Nachbar rief uns an: Sie sind ein Sympathisant."*

Heute sagt er dazu: „Es war schon schick, zu sympathisieren."

In den 1970er Jahren hätte auch die ZEIT-Herausgeberin Marion Gräfin Dönhoff die RAF-Heroine Ulrike Meinhof nicht verraten, wenn sie nachts geklingelt hätte, erklärt sie in dem RAF-Film *Die Sympathisanten* des Dokumentarfilmers Felix Moeller, der 2018 in die Kinos kam. Moeller ist, nebenbei bemerkt, der Sohn von Margarethe von Trotta und der Stiefsohn von Volker Schlöndorff. Auch hier hat offenbar das Thema „RAF" über Jahrzehnte seine Bahnen gezogen und das bis weit in die nächste Generation hinein.

Der französische Philosoph Jean-Paul Sartre begründet seinen einstündigen Besuch von Andreas Baader im Gefängnis Stuttgart-Stammheim 1974 vor über 150 Journalisten folgendermaßen:

„Ich möchte noch mal sagen, warum ich diesen Besuch bei Baader gemacht habe, weil viele von euch Baader nur als Kriminellen ansehen. Aus französischer Sicht kann ich sagen, dass die Politik, die ich für richtig halte, keine Baaders benötigt, dass man eine Einheit der proletarischen Massen heute und in den nächsten Jahren herstellen kann, dass man dazu aber eine solche Politik nicht braucht. Man kann diskutieren, ob diese Position der RAF vielleicht auch irrelevant ist, aber diese Gruppe, und das sage ich aus der Slcht seiner A-priori-Sympathie für die Linke, dass Baader versucht hat, eine andere Gesellschaft herbeizuführen, diese Position scheint mir nicht skandalös. Es gibt keinen reinen Kriminellen. Es scheint mir wichtig, dass man sie kennt.“

Der baden-württembergische Ministerpräsident Hans Filbinger, CDU, schäumte nach Sartres Besuch: *„Ich möchte sagen, der Besuch von Sartre bei diesem Häftling ist eine Instinktlosigkeit gegenüber den Opfern dieser kriminellen Bande, die skrupellos zu Gewalt gegriffen hat und die ja immer noch skrupellos zu Gewalt greift.“*

Die Ironie der Geschichte ist, dass Filbinger – Sids Ministerpräsident – am 7. August 1978 zurücktreten musste, nachdem durch die investigative Erzählung des Dramatikers Rolf Hochhuth mit dem Titel *Eine Liebe in Deutschland* bekannt wurde, dass Filbinger als NSDAP-Mitglied und Marinerichter 1943 und 1945 vier Todesurteile beantragt oder gefällt hatte.

Während der mehrere Monate andauernden Auseinandersetzung nach der Veröffentlichung Hochhuths ließ sich Filbinger irgendwann zu folgender Aussage hinreißen: *„Was damals rechtens war, kann heute nicht Unrecht sein!"*

Diesen Satz könnte man so stehen lassen und das Kapitel an diesem Punkt beenden.
Er hallt in seiner Monstrosität lange nach.

Alles scheint gesagt und das Geschehene weit zurück zu liegen.

Aber Geschichte entwickelt sich stetig weiter. Es gibt kein „Ende der Geschichte", wie von dem Politikwissenschaftler Francis Fukuyama im Zusammenhang mit dem Zusammenbruch der UdSSR in dem Buch *The End of History* 1992 behauptet wurde. Es geht weiter und altes, längst verschwunden Geglaubtes kocht plötzlich wieder hoch.

Auch Filbingers NS-Kapitel wurde mit seinem Tod am 1. April 2007 urplötzlich wieder geöffnet.

Beim Staatsakt für den Verstorbenen hielt der damalige Ministerpräsident von Baden-Württemberg, Günther Oettinger, CDU, eine Trauerrede, in der er unter anderem sagte: *„Hans Filbinger war kein Nationalsozialist. Im Gegenteil: Er war ein Gegner des NS-Regimes. Allerdings konnte er sich den Zwängen des Regimes ebenso wenig entziehen wie Millionen andere."*

Zum Glück folgte diesen und anderen ähnlich lautenden Aussagen starke Kritik. Diese wiederum versuchten Fürsprecher von Filbinger durch offensichtliche Geschichtsfälschung zu widerlegen.

Als Filbingers Tochter Susanna 2009 beim Auflösen des elterlichen Hausstandes Tagebücher ihres verstorbenen Vaters fand, folgerte sie aus der Lektüre, dass ihr Vater kein Gegner des Nationalsozialismus gewesen war. Vielmehr habe er sich *„für das Funktionieren des Systems Wehrmacht instrumentalisieren lassen"*.

Genauso, wie sich viele Morde der RAF bis heute namentlich keinem Täter und keiner Täterin zuordnen lassen.

Genauso, wie gefasste Terroristinnen oder Terroristen sich an ihr Schweigegelübde halten.

Genauso versucht ein nicht unerheblicher Teil konservativer Personen und Politiker nach wie vor, den Mantel der Verschwiegenheit über Taten in der NS-Zeit auszubreiten.

Oder offensichtliches Unrecht zumindest ein Stück weit in Recht umzumünzen.

Vielleicht ist all dieses Verhalten nur allzu menschlich?
Vielleicht sollte man je nach Thema auch mit zweierlei Maß messen?
Vielleicht wiegt das eine doch schwerer als das andere?
Wer weiß.

„Der Terrorist des einen ist der Freiheitskämpfer des anderen", lautet das sicherlich am meisten verwendeten Zitat in den Diskussionen über Terrorismus.

Muss man dann nicht auch, überspitzt formuliert, sagen können: „Der Täter des einen ist der Mitläufer des anderen?"

Und wer überhaupt legt fest, ob im Zweifelsfall nur das eine oder das andere gelten darf?

Challenger

Aufstieg und Sturz

ls die „Challenger" am 28. Januar 1986 bei ihrem 10. Start nur 73 Sekunden nach dem Lift off explodierte, starb Sids bis dahin ungebrochene Technologiegläubigkeit zusammen mit den sieben Crew-Mitgliedern.

Der Griff nach den Sternen war ein Thema, das die Menschheit beherrschte, seit Sid zurückdenken kann. In seiner Kindheit stieß er in Magazinen und Büchern auf Visionen einer verheißungsvollen Zukunft, die eine fantastische Welt von morgen zeigten: mit Unterwasserstädten, fliegenden Autos und glücklichen Menschen, die sich von freundlichen Robotern bedienen ließen oder unter gigantischen Glaskuppeln auf fernen Planeten lebten. Diese Zukunftsszenarien schienen zum Nutzen aller zu sein und für Sid war es keine Frage, dass er im 21. Jahrhundert tatsächlich in solch einer Welt leben würde. Die Aussicht fand er faszinierend und keinesfalls mit negativen Gedanken versehen. Die dargestellten Visionen waren auch noch frei von dystopischen Erzählungen, wie sie dann in den 70er und 80er Jahren vor allem in Spielfilmen auftauchten. Es waren Visionen, die Hoffnung machten und Sid gebannt und voller Vorfreude in die Zukunft blicken ließen.

Für Sid waren diese futuristischen Szenarien ein guter

Grund, die behütete Kindheit hinter sich zu lassen. Sobald es ging, wollte er sich in die Welt der Erwachsenen einklinken und an der tatsächlichen Umsetzung des Zukunftsbildes mitarbeiten. In seiner Jugend wurde dann dieses – aus Sicht der Zweifler – blauäugige und naive Zukunftsbild nach und nach demontiert. Die zunehmende Umweltzerstörung und Vergiftung von Luft und Wasser war immer weniger zu übersehen und Ressourcenknappheit mehr und mehr ein Thema. *Die Grenzen des Wachstums*, eine Veröffentlichung des Club of Rome, schlug ein wie eine Bombe und auch bei ihnen zuhause stand das Buch im Regal und wurde von seinem Vater bei jeder Gelegenheit zitiert.

Aber lag nicht auch in einem Teil der oben geschilderten Ideen, gerade was Mobilität oder Energieversorgung betraf, der Schlüssel für die Lösung vieler Probleme?

Warum wurde von einer immer größer und lauter werdenden Gruppierung jedes Streben nach großen technischen Neuerungen, Komfort und Wohlstand und die damit einhergehende Weiterentwicklung unserer Welt so schlechtgeredet?

Warum waren nicht technische Innovationen der Treiber für die Weiterentwicklung der Menschheit und wurde stattdessen Reduzierung, Vermeidung und Verzicht gepredigt?

Unterm Strich haben doch all die Hilfsmittel, Strukturen und Strategien, die wir nach und nach entwickelten, dazu geführt, dass sich aus ein paar Höhlenmenschen über Tausende von Jahren eine mannigfaltige und moderne Zivilisation entwickelt hat.

Auf Sid als heranwachsenden Menschen wirkte die gesamte Diskussion äußerst verstörend. Schon früh wurden sein Optimismus und seine Eigeninitiative zerstört. Erst bekam er etwas vorgesetzt, das als gut und verheißungsvoll deklariert wurde. Und plötzlich sollte alles böse sein.

Aber während auf der Erde vieles, das bis dahin nützlich gewesen war, plötzlich verteufelt wurde, blieb der Griff nach den Sternen in seiner Vorstellung immer etwas, das mit einem positiven Aspekt besetzt war. Natürlich hatte Sid immer die Mondlandung von „Apollo 11" im Kopf. Und dass das Apollo-Mond-Programm mit „Apollo 17" im Jahr 1972 eingestellt worden war, konnte er nie recht nachvollziehen. Zwar wurde 1973 mit „Skylab" eine US-amerikanische Weltraumstation in die Erdumlaufbahn geschossen, aber sie war lediglich für acht Monate von Astronauten bewohnt. Und im Gegensatz zum Apollo-Programm, das klar die Mondlandung zum Ziel gehabt hatte, war Skylab lediglich auf die Beobachtung von Erde und Sonne ausgelegt und sollte Erkenntnisgewinne in den Bereichen Raumphysik, Werkstoffforschung und Biomedizin bringen. Alles Grundlagenforschung also. Der direkte Sprung vom Mond weiter zu einem Nachbarplaneten war damit erst einmal vom Tisch.

An die Live-Übertragung der Mondlandung am 20. Juli 1969 kann Sid sich dunkel erinnern. In Deutschland war durch die Zeitverschiebung bereits der 21. Juli angebrochen, als gegen 03:54 Uhr im heimischen Schwarzweiß-Fernsehgerät Neil Armstrong als erster Mensch seinen Fuß auf die Mondoberfläche setzte. Heute fragt Sid sich, ob seine Eltern ihn, den damals 6-Jährigen, tatsächlich mitten in der Nacht vor den Fernseher setzten, damit auch er dieses epochale Ereignis mitverfolgen konnte. Oder ob seine Erinnerung in diesem Punkt etwas unscharf ist. Nicht auszuschließen, dass er die Aufzeichnung von der Mondlandung mit etwas Zeitversatz erst an einem der darauffolgenden Tage zu Gesicht bekam und sie in seiner Erinnerung als Live-Erlebnis abgespeichert hatte. Aber in seinem Kopf war sie ab nun fest verankert und das war alles, was zählte.

Die Challenger-Katastrophe 1986 beschäftigte Sid noch viele Jahre. Und sie veranlasste ihn während seines Studiums an der Stuttgarter Kunstakademie dazu, ein großformatiges Gemälde anzufertigen, auf dem ein riesiger Gleitdrachen brennend in ein Gebirge stürzt. Sid arbeitete über einen Monat an dem Bild und die Studienkollegen in seiner Grundklasse sprachen ihn immer wieder fragend darauf an, was das denn am Ende werden sollte. Die meisten seiner Mitstreiter produzierten eher mit schnellen, groben Pinselstrichen und Acryl- oder Wasserfarbe klassische Stillleben, Portraits oder abstrakte Motive wie am Fließband. Sid war der Einzige, der in dieser Zeit versuchte, eine komplexe Szene darzustellen. Und sich dafür auch noch so lange Zeit nahm. Denn mit einer Mischtechnik aus Öl- und Acrylfarben zu arbeiten, brachte zwar Akkuratesse, aber eine sehr langsame Arbeitsweise mit sich.

Indem Sid die Szene des Absturzes künstlerisch nachstellte, zeigte sich sicherlich auch sein Faible für den Spielfilm, bei dem es ja unter anderem darum geht, Szenen einzurichten und eine Geschichte zu erzählen. Seine Studienkollegen schienen eher keine Erzähler oder Konzeptkünstler zu sein, das wurde schnell klar. Sie waren sehr gute Zeichner oder, in Einzelfällen, begnadete Maler. Aber Sid war in der Grundklasse einer der ganz wenigen, der sofort versuchte, politische, gesellschaftliche oder geschichtliche Themen zu verarbeiten und darzustellen. Den anderen ging es primär darum, Farb- und Formgebung, Proportion und einen Malstil zu entwickeln.

Was sich in seiner Grundklasse abspielte, war sicherlich

symptomatisch für die Akademien dieser Zeit – der 1980er Jahre. Nach den eher wilden 60ern und 70ern begann nun alles stromlinienförmig, schön anzuschauen und leicht konsumierbar zu werden. Vieles wurde kommerzialisiert. Die Werber, Illustratoren und Animationsfilmer, wie Sid ab dem Hauptstudium, waren jetzt die Stars. Auch die Produktdesigner und Innenarchitekten. Nicht mehr so sehr die freien Künstler. Das Wilde und Unangepasste verschwand allmählich. Ein schleichender Prozess. Und Sid selbst – nicht ganz unschuldig – ein Teil davon.

Als Sid das Studium antrat, war er richtig heiß darauf gewesen, in diesem Umfeld extreme Charaktere kennenzulernen. Die, so wie man es von berühmten Künstlerpersönlichkeiten kannte, laute, provokative und bahnbrechende Kunstaktionen oder Happenings veranstalteten. Ein Joseph Beuys, Wolf Vostell, HA Schult oder eine Rebecca Horn und eine Marina Abramović war aber, wie er irgendwann betrübt feststellen musste, leider nicht darunter.

Doch was hatte Sid überhaupt auf der Staatlichen Akademie der Bildenden Künste in Stuttgart zu suchen?

Nach seinem nicht umgesetzten Vorhaben, an der HFF München zu studieren, war Sid auf die Idee gekommen, dass er ja auch Journalist werden könnte. Permanent Neuland zu ergründen und spannende Geschichten daraus zu entwickeln, war ja seit jeher sein Ding. Also machte seine Mutter den Vorschlag, den Mann ihrer Yogagruppenbekanntschaft zum Abendessen einzuladen, welcher zufällig der Feuilletonchef der Stuttgarter Nachrichten war.

Klaus B. Harms war ein Zeitungsmensch, so wie man ihn sich vorstellte. Er rauchte Kette, schüttete ein Glas Wein nach dem anderen in sich hinein und war in seinem Redefluss nicht zu bremsen.

Als Sid ihm das erste Mal von seinen Journalismusplänen erzählte, hatte sein Vater sofort zu bedenken gegeben, dass die durchschnittliche Lebenserwartung eines Zeitungsredakteurs bei 49 Jahren läge. Er sollte sich doch noch einmal gut überlegen, ob er diesen Beruf wirklich ausüben wolle. Der Druck, täglich ein ganzes Blatt mit Inhalten füllen zu müssen, war für die Gesundheit der meisten Schreiberlinge zu viel. Und wie sich einige Jahre später herausstellen sollte, traf diese betrübliche Statistik auch auf Klaus zu. Annähernd zumindest. Denn er bekam immerhin noch vier Jahre als Bonus oben drauf, bevor er mit 53 Jahren – mitten im Tanz – aus dieser Welt abberufen wurde.

Vielleicht wird der Name Klaus B. Harms dem einen oder

anderen Theaterinteressierten noch bekannt vorkommen. Doch weitaus mehr Leser werden schon einmal über den Namen seines Sohnes, Florian Harms, gestolpert sein, der von 2015 bis Ende 2016 Chefredakteur von Spiegel Online war. Dem Vater von Florian jedoch war Mitte der 1990er Jahre von seiner Verlagsleitung die Kündigung nahegelegt worden, nachdem er dem Direktor des Stuttgarter Schauspiels, Friedrich Schirmer, ein von ihm geschriebenes Theaterstück zum Lesen gegeben und dieser den für ihn ungeheuerlichen Vorgang öffentlich gemacht hatte.

Suicide by cop könnte man sagen, wenn man den Text liest, den Klaus B. Harms entworfen hatte. Darin räsoniert ein Schauspieldirektor darüber, *„warum das Leben so bunt, die deutsche Theaterszene dagegen so farblos und öde ist. Nichts zu Hoyerswerda, nichts zu Rostock und Solingen. Resignierend spricht der Schauspieldirektor: Draußen rauscht das Leben vorbei und drinnen tönt das große Schweigen."*

Nach der Trennung von Harms zogen die Stuttgarter Nachrichten massive Kritik von Kultur- und Theaterschaffenden auf sich. In den folgenden Monaten kam es in der Theater- und Kulturszene deutschlandweit und aus dem Burgtheater in Wien zu Solidaritätsbekundungen mit dem geschassten Journalisten.

Der Chefdramaturg der Münchner Kammerspiele, Michael Huthmann, setzte sich in einem Brief an den Chefredakteur der Stuttgarter Nachrichten für Klaus B. Harms ein. Er kenne Harms als einen *„selbst noch in seinen Verrissen dem Theater immer in Zuneigung verbundenen Menschen. Wer verfolgt welche Interessen im Dschungel der nicht mehr überschaubaren Diskussion, in der, wie mir scheint, klare Köpfe vernebelt argumentieren? Stuttgart, meine Lieblingsstadt, ist bekanntlich, was die Hinterzimmer angeht, nur vergleichbar den Verliesen des Vatikans.“*

Und Burgtheater-Chefdramaturg Hermann Beil verteidigte den Gefallenen mit den Worten: *„Ich finde es rührend und naiv mutig, dass Klaus B. Harms sich ganz ungeschützt preisgibt und es wagt, ein Theaterstück zu schreiben. Es zeigt doch, dass er kein Hohepriester des Theaterzynismus ist, sondern ein Künstlerherz in ihm schlägt. Jetzt mit Hohn und Spott zu kommen, charakterisiert jene, die Hohn und Spott ausgießen.“*

„... rührend und naiv mutig, dass Klaus B. Harms sich ganz ungeschützt preisgibt ...“
An wen erinnert das wohl?

Sid hatte immer ein Faible für Quereinsteiger, oder – in Harms' Fall – Queraussteiger. Aber bei vielen, die selbst nicht von ihrer Schiene runterkommen, stoßen Diagonalfahrer eben auf Ablehnung. Oder auf Spott.

Doch Jahre vor seinem tiefen Fall zog Klaus – oder Büttel, wie ihn enge Freunde nannten – Sid noch den Zahn, über ein Germanistik-Studium direkt den Einstieg bei einer großen Tageszeitung schaffen zu können. Erst einmal müsse er die Hospitanz bei einer kleinen Provinzzeitung machen, das sei der Standardweg. Da würde Sid im Schnitt zwei bis drei Jahre lang über Treffen von Kleintierzüchtervereinen berichten und wenn er Glück hätte, auch mal über die Eröffnung einer Sparkassenfiliale. Danach wäre, wenn alles gut lief, ein Volontariat in seiner Zeitung möglich, das noch einmal 24 Monate dauerte. Journalismus, wie Sid ihn sich vorstellte, würde er frühestens vier Jahre nach Ende seines Studiums betreiben können. Was ja davor noch einmal vier bis fünf Jahre seiner Lebenszeit in Anspruch genommen hatte. Und auch dann würde er in ihrer Redaktion erst einmal mit Kurzmeldungen über kleine Lokalereignisse anfangen müssen. Wieder die Eröffnung einer Sparkassenfiliale. Diesmal aber nicht im Remstal, auf der Schwäbischen Alb oder im Schwarzwald – diesmal, ja tatsächlich, in der Stuttgarter Innenstadt.

Als er Sid mit seinen Ausführungen komplett den Wind unter den Flügeln wegnahm, wahlweise sämtliche Illusionen zerstörte, wechselte Klaus' Blick permanent zwischen Triumph und Mitleid. Einerseits fühlte Klaus sich Sids Eltern gegenüber verpflichtet, eine einigermaßen realistische Einschätzung über den klassischen Werdegang des

Journalisten vor dem Filius auszubreiten. Aber Sid wurde während des Gesprächs das Gefühl nicht los, dass der Büttel ihm unumwunden klarmachen wollte, dass er und seine Zeitungsleute da oben auf ihrem Thron im Verlagshaus die unangefochtenen Meinungsmacher waren und der Grünschnabel in ihren Reihen nichts zu suchen hatte.

Mit seiner unausgesprochenen Vermutung, dass Sid nicht das Zeug hätte, den nahezu zehnjährigen Weg durch die Instanzen zu gehen, hatte er aber sicher nicht ganz Unrecht. Er muss gespürt haben, dass Sid jemand war, der möglichst schnell seine überbordenden Ideen in Taten umsetzen wollte. Also gab er ihm den Tipp, sich ein Sachthema zu suchen, das er später journalistisch verarbeiten könne. Da schnell klar war, dass Sid trotz seiner Interessen für Technik, Luft- und Raumfahrt für kein naturwissenschaftliches Studium geeignet war, schlug er ihm vor, sich an der Kunstakademie zu bewerben und dann als Aufbaustudium noch Kommunikationswissenschaft in Hohenheim obendrauf zu setzen. Danach könnte er, wenn er dann wirklich noch Lust hätte, es ja einmal bei ihnen versuchen.

Mit Skizzen, Zeichnungen und Fotocollagen, die Sid zuhauf während des Schulunterrichts gekritzelt oder angefertigt hatte, stellte er schließlich eine aufwändig gestaltete Mappe zusammen und reichte sie an der Kunstakademie ein. Und nachdem er mit 120 weiteren Aspiranten an einem zweitägigen praktischen Auswahlverfahren teilgenommen hatte, wurde Sid schließlich mit 30 Glücklichen unter ursprünglich 1.200 Bewerbern für das Studium ausgewählt. Einer unter 40 Kandidaten. Nicht schlecht. Wenn er schon nicht zum Film und noch nicht zum Journalismus gehören sollte, so doch zumindest schon mal zur Kunstwelt.

Das Motiv für sein Öl-Acryl-Gemälde, welches er dann im zweiten Semester anfertigte, verarbeitete aber nicht nur die Katastrophe. Es nahm auch Bezug auf ein Fernsehereignis, das am 10. April 1981 die Anreise zu ihrem Skiurlaub in die Schweizer Alpen verzögert hatte.

Der allererste Start eines Space Shuttle überhaupt, der Raumfähre „Columbia", sollte gegen 13:00 Uhr MEZ erfolgen. Auf der ganzen Welt starrten die Zuschauer gebannt auf ihre Fernsehschirme.

Etwa neun Minuten vor dem Start wurde der Countdown angehalten, da ein unerwartetes Computerproblem auftrat. Das Problem äußerte sich darin, dass sich der Reserverechner nicht mit den vier Hauptrechnern verstand. Zwei Teams im Missionskontrollzentrum in Houston arbeiteten an dem Problem, konnten aber eine Lösung erst nach Ablauf des sechseinhalbstündigen Startfensters präsentieren.

In dieser Zeit schauten sie wie elektrisiert auf das gigantische Raumschiff, welches zusammen mit seinem riesigen Außentank und den zwei Feststoffboostern regungslos auf der Startrampe stand. An mehreren dafür vorgesehenen Stellen des Außentanks stieß es infolge des Überdrucks des verdampfenden Treibstoffs unablässig kleine weiße Wolken aus. Und diese Wölkchen waren das Einzige, was sich über Stunden bewegte.

Vor Ablauf des zeitlichen Startfensters blies Sids Mutter jedoch gegen seine lautstarken Proteste zum Aufbruch in den Skiurlaub. Der Fernseher wurde abgeschaltet, und nun war es nur noch das Autoradio, das ihn im unerträglich langen Ein-Stunden-Rhythmus in den Nachrichten über die Entwicklung der Ereignisse unterrichtete.

Schließlich kam die Meldung, dass der Start für diesen Tag abgesagt worden war. Sid jubelte innerlich, denn er sah seine Chance, doch noch live den erneuten Startversuch verfolgen zu können. Doch abends wurde mitgeteilt, dass als neuer Starttermin nun der 12. April angesetzt war. Da waren sie noch mitten im Urlaub und wie Sid nach Ankunft in ihrem Chalet feststellen musste, gab es dort keinen Fernseher.

Schon bevor sie in den Skiurlaub aufbrachen, war ihnen bewusst gewesen, dass es wahrscheinlich nicht genug Schnee zum Skifahren geben würde. Es war Ostern und der Frühling hatte in diesem Jahr auch in ihrem Skigebiet früh eingesetzt. Da Sids Eltern aber trotz allem diesen Urlaub machen wollten, kauften sie für alle vor Urlaubsantritt noch gute Wanderschuhe – man konnte ja nie wissen. Tatsächlich war dann das Wetter sehr schön, aber weit und breit kein Schnee zu sehen. Also unternahmen sie am ersten Tag eine Wanderung.

Nach längerem Fußmarsch über sanft geschwungene, grüne Almwiesen, kam ein kleiner Berg in Sichtweite, vielleicht 250 bis 300 Meter hoch. Der Weg machte eine Kurve nach links und verlief, das konnte Sid sehen, mit leichtem Anstieg den Berg entlang. Ganz am Ende, wo der Berg seitlich stark abfiel, vielleicht in 500 oder 600 Metern Entfernung, machte der Weg dann einen Bogen nach rechts und damit offenbar um den Berg herum.

Sid war der Spaziergang bis zu diesem Punkt zu langweilig gewesen und er hatte sich die ganze Zeit gefragt, wozu seine Eltern ihm eigentlich die klobigen Wanderschuhe gekauft hatten. Immerhin waren es tatsächlich eher Bergschuhe, mit starrer Sohle und hohem Schaft, also für Steigungen oder Abhänge gedacht, nicht für solch flache Spazierwege, wie sie sie bis dahin gegangen waren. Also machte er seinen Eltern den Vorschlag, dass sie sich auf der anderen Seite des augenscheinlich gut bezwingbaren Hügels treffen würden. Sie sollten den Weg weiter zusammen mit seiner kleinen Schwester um den Berg herum gehen und den sanften Anstieg nehmen. Sid wollte den grünen Steilhang auf geradem Weg hinaufklettern und sie würden sich dann – so zumindest seine Theorie – oben auf dem grünen Hochplateau treffen.

Schon auf den ersten Metern wurde Sid klar, dass er die Steigung des Hanges unterschätzt hatte. Und die Höhe, die insgesamt zu erklimmen war. Zwar erwies sich sein neues Schuhwerk als goldrichtig für diese Art des Untergrunds, aber als er erst etwa ein Drittel des Berges erklommen hatte, wurde ihm bereits etwas mulmig zumute. Der Hang war nun so steil, dass Sid seine Schuhsohlen nicht mehr zur Gänze auf den Untergrund setzen konnte. Vielmehr war es mit zunehmender Höhe so, dass er irgendwann nur noch die Schuhspitzen in den weichen Untergrund rammen konnte, um dann von dort jeweils den nächsten Schritt zu machen.

Als er etwa zwei Drittel des Hangs erklommen hatte, war Sid total außer Atem. Er hielt inne, schaute zurück und ihm war klar: Diesen Hang würde er definitiv nicht wieder herunterklettern wollen – und auch nicht können. Denn er war von oben betrachtet nun so steil, dass Sid bewusst war: ein falscher Schritt, ein Ausrutschen und er würde den kompletten Abhang hinabstürzen, ohne sich zwischendurch irgendwo auffangen zu können.

Am oberen Drittel des Abhangs mischte sich dann das Gras zunehmend mit Erde und lockerem Geröll. Sid musste jetzt seine Fußspitzen noch fester in den Untergrund rammen, um überhaupt noch ausreichend Halt in der Wand zu finden. Als er die letzten zehn Meter des Berges vor sich hatte, war Sid froh, dass auf der anderen Seite ein sanfter Abstieg auf ihn wartete.

Wie er auf diese idyllische Idee gekommen war, ist ihm bis heute ein Rätsel. Vielleicht hatte er im Geiste einfach die Wiesenlandschaft, durch die sie bis dahin gelaufen waren, auch hinter die Kuppe dieses Berges verpflanzt. Und das Wetter war ja auch so schön, und der Hang, den er erklommen hatte, so von der Sonne beschienen, dass nicht ein dunkler Gedanke in ihm aufgekommen war.

Als Sid schließlich – keuchend und mit müden Knochen – die Kuppe erreichte, blieb ihm fast das Herz stehen. Denn statt auf ein grünes Hochplateau blickte er auf eine durchgehende Schneedecke. Und zwar, soweit das Auge reichte.

Sid stieß ein verzweifeltes „Nein!" aus, stützte sich auf die Knie und versuchte, wieder zu Atem zu kommen. Dann drehte er sich um: Ihm war schwindelig und der Gedanke, kehrt zu machen und den Abhang wieder hinunterzuklettern, den er gerade mit letzter Kraft erklommen hatte, drehte ihm fast den Magen um.

Absolut unmöglich!

Einmal kurz das Gleichgewicht verlieren und er würde den ganzen Abhang herunterpurzeln und sich dabei schlimme Blessuren, Platzwunden und sicher auch Brüche zuziehen.

Die Schneelandschaft, die sich vor Sid auftat, bestand aus einer Art großem Krater, wie bei einem Vulkan, und einem Rand, der sich rundherum um die Senke zog. Sid stand auf einem Teil dieses Randes. Der Boden der Senke lag vielleicht 30 bis 40 Meter tiefer. Der Durchmesser des Kraters betrug in etwa 250 bis 300 Meter. Ohne Schnee wäre es ein Leichtes gewesen, dieses kleine Tal zu durchschreiten. Eine Sache von ein paar Minuten. Aber mit dem Schnee war es schlecht einzuschätzen. Was Sid irritierte, war, dass er, wenn er auf die Schneelandschaft schaute, nichts außer dieser sah. Der gegenüberliegende Rand war höher als das Stück, auf dem er stand, und verdeckte so auch alle höheren Erhebungen dahinter. Es war wie eine ganz eigene, verborgene kleine Schneewelt.

Sid war sich aber sicher, dass, so wie sich das hier darstellte, hinter dem gegenüberliegenden Rand nicht noch ein viel höherer Berg stand, sondern dass es da gleich wieder hinuntergehen musste. Und demnach würde dort – nicht allzu weit entfernt – bereits ungeduldig seine Familie auf ihn warten. Es sollte also zu schaffen sein, den Abhang vor sich hinunterzuklettern, die schneebedeckte Talsenke zu durchwandern, auf der anderen Seite im Schnee hochzuklettern und von dort aus den dann sicher grasbedeckten Abhang zu seiner Familie hinunterzugehen.

So laut er konnte, rief Sid: „Halloooooo!" …
„Haaaalloooooooooo!" …
Keine Antwort.
Okay, vielleicht waren sie noch nicht am Ziel.
Oder es ging dahinter doch noch ein Stück weiter.

Aber umkehren war für ihn definitiv keine Option!

Sid machte also ein paar ganz kleine, sehr vorsichtige Schritte nach vorne und testete damit die Dicke der Schneeschicht. Ganz behutsam, zuerst nur mit ganz wenig Gewicht auf dem vorderen Fuß. Beim ersten Schritt ging ihm der Schnee bis knapp über die Sohle seines Wanderschuhs. Beim zweiten bis knapp über den Knöchel. Der dritte vorsichtige Schritt ließ die Schneedecke ebenfalls bis knapp über den Knöchel ragen, vielleicht noch etwas höher. Aber Sid schien festen Untergrund zu haben und lächelte: Das sollte demnach gut zu schaffen sein.

Er drehte sich ein letztes Mal um und erkannte, dass die Sonne bereits ziemlich tief stand. Sid sollte sich also beeilen, um das Wandern in der Dunkelheit zu vermeiden. Er atmete tief durch – dann nahm er Anlauf und machte zwei, drei Schritte, dann einen riesigen Satz, um quasi schnell den Abhang hinunterzulaufen, die Senke zu durchqueren und mit Schwung den Abhang an der anderen Seite hochzurennen.

Doch die Reise war schneller zu Ende als geplant. Als Sid weit entfernt von seinem Absprungpunkt in den Schnee eintauchte, merkte er sofort, dass er den bis dahin größten Fehler seines Lebens gemacht hatte. Mit Schrecken stellte Sid fest, dass der Abhang dort um einiges steiler war als an dem Ort, an dem er zuvor stand, und die Oberfläche der Schneedecke dies nicht hatte erahnen lassen. Damit war der Schnee an dieser Stelle auch weitaus höher – oder tiefer – als nur bis zu seinem Knöchel. Als Sid realisierte, in welche Lage er sich gebracht hatte, steckte er fast bis zur Brust im Schnee! Und wenn er davon spricht, dass er feststeckte, so ist das wörtlich gemeint. Denn der pulvrige Schnee an der Oberfläche wurde, je tiefer man kam, immer fester und hatte in der untersten Schicht fast schon Eischarakter. Aber was noch viel erschreckender für Sid war: Unter der untersten eisigen Schneeschicht war ein großer Hohlraum, der ihm bis zu den Waden ging.

Als hätte man die Filmaufnahme von ihm mitten im Sprung eingefroren, steckte Sid im Schnee fest. Beine weit auseinandergespreizt, der rechte Fuß den Abhang hinunter, der linke Fuß den Hang hinauf. Mit dem Schnee bis zur Brust fühlte Sid, wie die Kälte in ihm heraufzog. Es war eine Art Kälte, wie er sie noch nie zuvor gespürt hatte – und Sid hatte schon viel gefroren. Das war alles lästig gewesen, unangenehm. Aber das hier – das war die Kälte, die den Tod brachte. Das war ihm sofort klar. Sids Herz begann zu rasen vor lauter Panik.

Mit größter Mühe konnte Sid den Oberkörper ein wenig drehen und schaute zum Rand des Kraters zurück, von dem er kurz zuvor abgesprungen war. Er hatte das Gefühl, dass das Licht schnell abnahm, was ihn zusätzlich vor Angst zittern ließ. Unter seinen Sohlen befand sich lockeres Geröll, das seinem Schuhwerk keinerlei Halt bot, wie er bemerkte. Was ihn in diesem Moment in seiner Position hielt, war ausschließlich der festgebackene Schnee. Würde er nun versuchen, seinen wie in Beton gegossenen Oberkörper und seine Beine aus dem Schnee zu befreien, bestünde die Gefahr, dass er in der steilen

Wand unter die unterste Eisschicht glitt. Wahrscheinlich würde er sogar in dem Hohlraum zwischen Geröll und Eis den Abhang hinabrutschen. Nicht weit vielleicht, aber weit genug, um sich von der Öffnung zu entfernen, die er durch seinen Sprung in das Schnee-Eisgemisch gerissen hatte. Zu weit, um dann noch Luft zum Atmen zu bekommen.

In diesem Moment wurde Sid bewusst, dass nun jede Bewegung, jeder Handgriff gut überlegt sein musste. Noch war der rettende Rand des Kraters nicht allzu weit entfernt. Noch konnte er es vielleicht schaffen, sich aus dieser lebensbedrohlichen Situation zu befreien. Aber *eine* falsche Bewegung, eine zu starke Verlagerung des Körpergewichts sowohl nach oben als auch nach unten würde es unmöglich machen zurückzukehren.

Zum Glück hatte Sid trotz des schönen Wetters dicke Handschuhe an. Damit konnte er arbeiten, ohne dass seine Finger nach kurzer Zeit bewegungs- und gefühllos sein würden. Also fing er an, sich mit seinen Händen vorsichtig auszugraben. Er gab sich dabei Mühe, nicht seine Standfestigkeit zu verlieren. Das war schwieriger als gesagt, da er nun, je mehr Schnee er um seinen Oberkörper herum und dann von seinen Beinen entfernte, auch einsehen musste, dass er annähernd in einer Spagathaltung

im Hang hing. Mit dem dichten Schnee als „Halterung"
war das zwar ungemütlich, aber machbar. Aber nun hatte
Sid plötzlich damit zu kämpfen, dass seine Muskelkraft in
beiden Beinen nachließ und er darüber hinaus Gefahr lief,
dass seine Waden verkrampften. Gymnastisch, orthopä-
disch und athletisch betrachtet war das Ganze eine Herausforderung.

Unabhängig von der immer gnadenloser heraufzie-
henden Kälte.

Unabhängig von der zunehmenden Dunkelheit.

Und unabhängig von der Gefahr, unter der Schneedecke den Abhang hinunterzurutschen und jämmerlich zu
ersticken.

Also begann Sid Millimeter für Millimeter das obere Bein
hinunterzubewegen. Dies erscheint vielleicht im ersten
Moment unsinnig, aber so konnte Sid zumindest mit
dem unteren Fuß, der ja sein größtes Gewicht trug, einen einigermaßen festen Stand bewahren, sofern das auf
dem Geröll darunter überhaupt möglich war. Während er
unablässig den Schnee um sich herum mit den Händen
wegschaufelte, arbeitete Sid daran, seine Beine ruhig ne-
beneinanderzustellen. Und nach einer quälenden Viertelstunde hatte er das geschafft.

Sid blieb für einen Moment ganz ruhig stehen und atmete tief durch.

Er zitterte vor Anstrengung.

Oder vor Kälte.

Oder beidem.

Dann drehte er sich auf der Stelle ganz langsam um. Dabei achtete Sid penibel darauf, auf dem Geröll, das er nun unter sich sehen konnte, nicht abzurutschen. Schließlich versuchte Sid, seine Arme mit Blick zum Rand des Kraters über ihm tief in den Schnee zu rammen und sich mit dem ganzen Körper und bedachten Beinbewegungen Zentimeter um Zentimeter den Hang hinaufzuziehen und zu schieben.

Jetzt bloß keine Lawine auslösen und damit in die Senke hinabrauschen.

Bloß nicht noch mehr auskühlen!

Also doch ein klein wenig mehr bewegen, als es der Standfestigkeit zuträglich wäre.

Ja nicht daran denken, was ihn auf der anderen Seite wieder erwarten wird.

All das wird besser sein als die Situation, in der er sich im Moment befand.

Nach etwa einer halben Stunde und mehreren kleineren Ausrutschern, die ihn jeweils wieder ein paar Zentimeter fluchend dahin zurückbeförderten, von wo er gerade unter Aufbietung aller Kräfte gekrochen kam, hatte Sid es schließlich geschafft: Er erreichte den Rand des Kraters und schaute den steilen, mit Geröll und Gras bedeckten Abhang hinunter, der ihm vorhin ab einem gewissen Punkt so unbezwingbar erschienen war.

Nein, unbezwingbar war er in diesem Moment nun nicht mehr.

Er war ein Geschenk!

Wahrscheinlich eines der größten Geschenke seines bisherigen Lebens.

Denn er bedeutete: Leben!

Sid blickte in die Ferne, in der die Nachmittagssonne unaufhaltsam auf den Horizont zusteuerte. Von dieser Seite des Hangs aus betrachtet wirkte das alles undramatisch. Fast nebensächlich. Ganz anders als von der sonnenabgewandten, schneebedeckten Seite des Berges aus – dem Krater. Da brachte jede Bogensekunde, die sich die Sonne vom mittäglichen Höchststand aus Richtung Untergang bewegte, den blanken Horror. Und die Kälte, die damit einhergehend Minute für Minute zunahm, sorgte dafür, dass diese von oben betrachtet so harmlos wirkende, abgeschlossene Winterwelt wahrscheinlich bis in den frühen Sommer hinein bestehen konnte. Sid führte sich die unterste, fast undurchdringbare und eisige Schneeschicht vor Augen, die sich sofort nach dem Durchstoß mit seinen schweren Bergschuhen wie eine unsprengbare Fessel um seine Beine gelegt hatte. Wenn er näher darüber nachdachte, konnte er sich auch vorstellen, dass diese nahezu starre Schicht aus ehemaligem Schmelzwasser und immer weiter komprimiertem Schnee selbst einen normalen Sommer überstehen würde.

Sid lächelte, denn ihm wurde bewusst, dass er wahrscheinlich einer der ganz wenigen Menschen war, die diesen Krater je betreten hatten. Wenn er jetzt den Abhang vor sich hinunterschaute, den er in wenigen Augenblicken zu bezwingen hatte, wurde ihm klar, dass eigentlich kein vernünftiger Mensch die Idee haben konnte, diesen hinaufzuklettern. Außer ein junger Mann wie Sid, dessen Skiurlaub gründlich ins Wasser gefallen war. Der darüber hinaus den von der ganzen Welt mit Spannung verfolgten Start der neuen Raumfähre um Haaresbreite verpasst hätte und der schlichtweg einen Teil des Nachmittags ohne seine Eltern und jüngere Schwester verbringen wollte.

Wiederum eine Dreiviertelstunde später kam Sid am Fuß des Abhangs an. Die obere Hälfte war er so hinabgestiegen, wie er sie erklommen hatte, nämlich mit dem Gesicht zum Hang. Aber im Gegensatz zum Aufstieg ganz vorsichtig und außerdem wie ein Kletterer mit immer mindestens drei Fixpunkten: also mit zwei Händen und einem Fuß oder einer Hand und zwei Füßen fest mit dem Untergrund verbunden, während man das vierte Glied weiterbewegte und dann den ganzen Körper nachzog.

Sid schien es ratsamer, auch beim Abstieg die Schuhspitzen in den Untergrund zu rammen statt die Fersen. Das würde einen sichereren Halt und auch ein besseres Gleichgewicht bieten. Erst als er an der unteren Hälfte des Abhangs angekommen war, drehte er sich um und kletterte, indem er die Fersen in den Hang schlug, im Zickzack hinunter. Unten angekommen lief er auf die andere Seite des Weges und setzte sich auf einen großen Felsblock. Er hob den Kopf und blinzelte nach oben: was für eine fixe Idee von ihm, diesen Abhang hochzuklettern!

Nach einiger Zeit tauchten Sids Eltern zusammen mit seiner Schwester in der Ferne auf. Er war sich nicht sicher gewesen, ob sie nicht schon zum Chalet zurückgelaufen waren, nachdem er am vereinbarten Ziel nicht angekommen war.

Um sich von den Strapazen zu erholen, war er aber noch eine Weile auf dem Felsblock sitzen geblieben. Als seine Familie den Weg am Fuß des Berges entlanggelaufen kam und vor ihm stehen blieb, bemerkte sein Vater in seiner gewohnt süffisanten Art, dass sie eine Weile gewartet hätten. Aber nachdem Sid dann nicht auftauchte, waren sie davon ausgegangen, dass er auf halber Höhe aufgegeben hatte, den Abhang wieder hinuntergestiegen und zum Chalet zurückgetrottet sei.

Seine Mutter betrachtete nachdenklich Sids klatschnasse Jeans, während seine Schwester Nina sich darüber lustig machte. Dann äußerte Sids Mutter in Anbetracht seiner ebenso nassen Bergschuhe die Vermutung, dass er es offenbar doch bis nach oben geschafft hatte und dahinter vielleicht in ein Bachbett getreten war?

Warum er nicht noch bis zum vereinbarten Punkt gelaufen wäre?

Dort, hinter dem Berg, wären sie in einer wirklich bezaubernden Blumenwiese gelandet.

Lauter Frühlingsblumen, die es nur hier im Alpenraum gab.

Und für Nina hatte es dort sogar eine Katze zum Spielen gegeben.

Sid wusste nicht, was er darauf antworten sollte.

Seine Eltern waren in diesem Moment so arglos.

Und sie hatten nicht die geringste Vorstellung davon, in welcher Lebensgefahr Sid sich noch eine Stunde zuvor befunden hatte.

Seine Mutter reichte ihm eine Wasserflasche, die sie für ihn dabeihatte. Er trank sie gierig in einem Zug aus und schaute zu Boden. Seine Eltern waren zwar fürsorglich, aber sie waren nie ängstlich gewesen, so wie viele Eltern seiner Freunde. Sie vertrauten ihren Kindern, dass sie wussten, was sie taten, wenn sie alleine unterwegs waren. Hin und wieder wurde nebenbei gefragt, ob auch alles gut gelaufen war und ob man vielleicht etwas Schönes oder Spannendes erlebt hätte, was es zu berichten gäbe.

Sie waren immer interessiert daran zu erfahren, ob man auf einem Ausflug vielleicht neue Freundschaften geschlossen oder etwas Interessantes gesehen hatte.

Dass man seinen Horizont erweiterte hatte, war wichtig!

Nicht, dass man auch ja auf Schritt und Tritt gut auf sich aufgepasst hatte und sich in jeder Millisekunde all der Gefahren bewusst war, die um einen herum lauerten; und wegen all dieser Vorsichtsmaßnahmen keine Augen und Ohren und Sinne für Neues hatte.

Manchmal denkt Sid, dass ihn seine Eltern vielleicht doch ein wenig mehr für die Gefahren dieser Welt hätten sensibilisieren sollen.

Aber andererseits: Er hat bis heute diese verrückte Welt überlebt.

Und das über sechzig Jahre lang auch ohne Helm.

Bei sicher mehreren Dutzend schwerer Stürze beim Skilaufen und zwei abgebrochenen Skiern beim Schanzen über Bodenerhebungen.

Auch nach mittlerweile vier schweren Stürzen mit

dem Fahrrad, inklusive Abstieg mit dem Kopf voraus über den Lenker.

In diesem Moment jedoch, am Fuße des Berges, getraute er sich nicht, seinen Eltern zu erzählen, was wirklich oben in dem Eiskrater passiert war. Mit entschuldigender Geste stand Sid auf und folgte den dreien. Seine Mutter war bereits wieder dabei, seine Schwester auf die schönen Pflanzen am Wegesrand hinzuweisen und zu erzählen, was es am Abend zu essen geben würde. Sid trottete hinterher und fragte sich für einen kurzen Moment, ob sein Verlust – sein mögliches Verunglücken oben im Krater – ein großes Drama für seine Eltern gewesen wäre. Immerhin hatten sie ja noch seine Schwester und außerdem hatten sie ihn ja nicht vor den möglichen Gefahren gewarnt.

Heute weiß Sid natürlich, dass dieser Gedanke vollkommener Humbug war.

Es gibt für Eltern keinen schlimmeren Gedanken als den Verlust eines Kindes.

Aber damals, mit seinen 18 Jahren, hatte er sicherlich ein wenig die emotionale Verbindung zu seinen Eltern verloren. War drauf und dran, eigene Wege zu gehen. Und dieser letzte gemeinsame Urlaub war lediglich dem Umstand geschuldet, dass sich für ihn überraschend keine andere Gelegenheit geboten hatte, obwohl er die Jahre zuvor bereits mehrere wirklich aufregende Skifreizeiten mit diversen Jugendgruppen verbracht hatte.

Zwei Tage nach seinem denkwürdigen Aufstieg machte Sid sich am späten Vormittag erneut alleine auf den Weg über die nun mit immer mehr Blumen versehenen Almwiesen – oder das Maiensäss, wie man in der Gegend sagte. Dieses Mal führte ihn sein Weg aber nicht in luftige und eisige Höhen, sondern hinunter ins Dorf. Dort hoffte er, in einem Laden das zu ergattern, was er bisher nur vom Hörensagen wusste: nämlich Bilder vom mittlerweile geglückten zweiten Startversuch der Raumfähre „Columbia" am Tag zuvor.

Den Tag nach dem Aufstieg zum Eiskrater hatte Sid mehr oder weniger im Haus verbracht. Ihm taten alle Muskeln und Gelenke weh und er konnte kaum laufen. Bereitwillig nahm er ein Buch zur Hand und las.

In der Küche stand ein kleines Kofferradio, das Sid jede Stunde für ein paar Minuten anschaltete, um die Nachrichten zu hören. Der Weg in die Küche war dabei wegen der Schmerzen jedes Mal eine Tortur. Am Anfang konnte er das breite Schwyzerdütsch des Nachrichtensprechers kaum verstehen. Offenbar wurden die Nachrichten nicht für Touristen gemacht, sondern sollten ausschließlich den Einheimischen als Informationsquelle dienen. Doch nachdem Sid seit dem frühen Vormittag ein paar Sendungen gehört hatte, konnte er den für ihn fremden Zungenschlag nach und nach akustisch entziffern. Schließlich kam die Meldung, auf die er so sehnsüchtig gewartet hatte: Columbia, die erste Raumfähre überhaupt, war gestartet und es verlief alles nach Plan. Houston war aus dem Häuschen und nahm Gratulationen aus aller Welt entgegen.

Mit versteinerter Miene verfolgte Sid diese Erfolgsmeldung. Auch wenn er zu diesem Zeitpunkt noch ein leidenschaftlicher Radiohörer war und die samstägliche Konferenzschaltung der Schlussphase der Fußball-Bundesliga stets live verfolgte und die teils ins Mikro gebrüllten Spielberichte in seinem Kopf problemlos in Bilder übersetzen konnte ... was den Start der Raumfähre betraf: Hierfür brauchte Sid den leibhaftigen Bildbeweis!

Als er im Dorf ankam, war es kurz nach zwölf. Der Marsch dorthin hatte durch seine Blessuren an Beinen und Füßen dreimal länger gedauert als geplant. Wegen Blasen an den Fersen von den noch nicht eingelaufenen Bergstiefeln war Sid die knapp zwei Kilometer in Turnschuhen den Berg mehr hinabgehumpelt als gelaufen.

Der Supermarkt hatte mittlerweile Mittagspause und auch sonst schien keiner der Läden offen zu sein. Sid fluchte vor sich hin und überlegte, was er tun konnte.

Dann ging er zu einer Bushaltestelle und sah sich den Fahrplan an. Die Verlockung war groß, sich einfach in den nächsten Bus zu setzen und sich damit wieder den Berg hochchauffieren zu lassen. Aber Sid hatte nur ein paar Franken dabei, die wahrscheinlich lediglich für die Zeitung reichten. Noch gab er sich nicht geschlagen. Also humpelte er in den Ort zurück und dann die Hauptstraße entlang.

Schließlich erspähte Sid einen Kiosk, der leider ebenfalls geschlossen war.

Er ärgerte sich und wollte gerade kehrtmachen, als er sah, dass an der Seite des Kiosks mehrere Tageszeitungen und Zeitschriften unter einer Plexiglasscheibe ausgestellt waren. Sid ging näher heran und erblickte sofort auf der Titelseite der Tageszeitung das Foto, auf das er so gespannt gewesen war. Bei näherem Hinsehen musste er jedoch erkennen, dass hier nur die halbe Wahrheit zu sehen war: Die Tageszeitung war in der Mitte gefaltet und unter der Schlagzeile, die besagte, dass der Start geglückt war, war nur der obere Teil der Raumfähre zu sehen. Der eigentlich bildwichtige Teil, der die Raumfähre tatsächlich in der Luft – also nicht mehr nur auf der Startrampe – zeigte, war auf der verborgenen Rückseite der Zeitung abgebildet.

Sid schaute sich schnell um: warum das Plexiglas nicht einfach aufstemmen und die Zeitung dahinter hervorholen? Es waren keine anderen Passanten unterwegs, also suchte Sid den Boden nach einem Stock oder Metallstab ab.

Dann aber kam ihm der Gedanke, dass er sich doch besser dem Schicksal fügen sollte. Er ging ganz nah an das abgeschnittene Foto heran, drehte leicht den Kopf und kam zu dem Schluss, dass so, wie die Raumfähre da vor dem Himmel im Hintergrund leicht schräg in der Luft lag, sie sich zum Zeitpunkt, als dieses Foto geschossen wurde, sicherlich schon einiges über dem Erdboden befunden haben musste.

Sid richtete sich wieder auf und machte sich auf den Weg zurück zum Chalet. Ohne innezuhalten lief er an der Bushaltestelle vorbei und klimperte mit einer Hand mit den Münzen in seiner Hosentasche. Ihn begeisterte plötzlich der Gedanke, dass er nun etwas Geld übrighatte, das er eigentlich hatte ausgeben wollen und dass er es geschafft hatte, auch ohne finanziellen Einsatz an die benötigten Informationen zu kommen.

Er bog auf den Wanderpfad über die Almwiese ein und stapfte den Hang Richtung Chalet hinauf. Nach einiger Zeit fiel ihm auf, dass er die Blasen in seinen Schuhen gar nicht mehr spürte. Auch Muskeln und Gelenke taten ihm nicht mehr weh.

Sid musste bei dem Gedanken lächeln, dass ihn das Bildfragment vom offenbar tatsächlich geglückten Start der Raumfähre auf eine bisher ungekannte Art beflügelte.

Was so ein Ereignis in einem auslöste?

Was es mit den Köpfen all der Menschen auf dem Globus machte?

Ein Schulfreund hatte Sid einmal von den Erzählungen seiner Eltern berichtet, dass die Mondlandung in Wirklichkeit nie stattgefunden hatte. Dass all die Aufnahmen vom ersten Schritt eines Menschen auf die Mondoberfläche und alle Szenen danach in einem streng geheimen Filmstudio der US-Geheimdienste aufgenommen worden waren. Damit wollten sie ihre Blamage wegwischen, dass nicht die USA, sondern die Russen den ersten Satelliten und danach sogar noch den ersten Menschen ins All geschossen hatten. Die Amerikaner hatten einsehen müssen, dass sie technisch noch nicht in der Lage waren, diesen Rückstand in einem vertretbaren Zeitraum aufzuholen.

Auf halber Höhe machte Sid eine Pause und blickte zurück auf das Dorf.

Dort, in der Ferne, war der Kiosk, der ihm in seiner Auslage an der Seite durch ein kleines Guckloch einen Einblick in die tatsächlich mögliche Wirklichkeit geboten hatte.

Sid musste lachen: Was, wenn es die dort unter der

Plexiglasscheibe ausgestellte Tageszeitung auch während der Öffnungszeiten tatsächlich gar nicht zu kaufen gab?

Was, wenn das, was er dort gesehen hatte, tatsächlich alles war, was die NASA, die amerikanische Regierung, die Geheimdienste, oder wer auch immer als Beleg für den vermeintlich geglückten Start der Raumfähre zur Verfügung stellen wollten?

Was, wenn auch die Radionachrichten ein abgekartetes Hörspiel waren, um der Weltöffentlichkeit ein glorreiches Ereignis zu verkaufen, das in Wirklichkeit so gar nicht stattgefunden hatte? Man erinnere sich nur an die legendäre Radiosendung von Orson Welles am 30. Oktober 1938, in der der mittlerweile zur Legende gewordene Regisseur den Science-Fiction-Klassiker *War of the Worlds* so realistisch inszenierte, dass im Großraum New York Menschen aus Angst vor einer Invasion vom Mars in Panik auf die Straßen liefen.

Als Sid den Rest des Pfades zum Chalet hinaufhumpelte, spürte er mit einem Mal wieder jede einzelne Stelle in seinem Körper, die ihn die letzten anderthalb Tage so geschmerzt hatte.

Er verfluchte sich dafür, nicht doch den Bus genommen zu haben: gepfiffen auf das Geld!

Seine Laune kippte Sekunde für Sekunde mehr und

als das Chalet in Sichtweite kam, blieb Sid erneut stehen.

Er war ratlos, was er von all dem halten, wie er es einordnen sollte, was ihm die letzten Minuten durch den Kopf gegangen war.

Dann beschloss Sid, sich weitere Gedanken darüber aus dem Kopf zu schlagen, bis sie wieder zuhause in Stuttgart waren. Mit etwas Glück würde sich vielleicht herausstellen, dass die Eltern eines seiner Schulfreunde einen der neu auf den Markt gekommenen Heim-Video-recorder gekauft, und wenn er noch mehr Glück hatte, sogar den Start von „Columbia" auf Video aufgenommen hatten. Dann würde er sich mit eigenen Augen davon überzeugen können, dass dies alles tatsächlich passiert war.

Was Sid zu diesem Zeitpunkt noch nicht wissen konnte: Mit seiner Idee, dass der Start der „Columbia" unter Umständen nur eine geschickt gemachte Illusion war, hätte er genau genommen vierzehn Menschen das Leben retten können. Zum einen der siebenköpfigen Besatzung der am 28. Januar 1986 explodierten „Challenger". Und dann noch der ebenfalls siebenköpfigen Crew der „Columbia", die am 1. Februar 2003 nach ihrem 28. Weltraumeinsatz beim Wiedereintritt in die Erdatmosphäre auseinanderbrechen würde.

Vierzehn Menschenleben hätte er verlängern können, wenn ihn in diesem Augenblick nicht der Missmut gepackt hätte und er sich deswegen wieder der blanken Realität zuwandte. Sid hätte es zumindest im Geiste tun können, diese Rettung der Raumfahrer. Was für eine schöne Vorstellung. Aber auch irgendwie beängstigend.

Was würde man gestern mit dem Wissen von heute tun?
Was würde man ändern können?
Könnte man am Verlauf der Geschichte überhaupt irgendetwas verändern?

Da er sich in diesem Moment also dafür entschied, nicht weiter einer Verschwörungstheorie nachzuhängen und stattdessen dem zu glauben, was er hörte, sah und las, entschied Sid sich dafür, mit der Wirklichkeit neben sicher vielen goldenen Momenten die überwiegend schonungslosen Seiten kennenzulernen. Aber das wusste er noch nicht.

Stattdessen erwachte in ihm von Tag zu Tag mehr die Vorfreude auf das Ende der Schulferien. Sid hatte nämlich wenige Tage vor seinem Skiurlaub eine geradezu magische Begegnung gehabt. Es war unglaublich. Er war wie vom Blitz getroffen. Ein aufwühlenderes, schöneres Erlebnis konnte es gar nicht geben. Dieser Blick, der ihn re-

gelrecht verschlang. Im langen Flur vor den Unterrichtsräumen. Er traf Sid mitten ins Herz. Und er wollte ihn für
immer festhalten.

P.S.

ch ja: Thomsen wurde in Stuttgarter Clubs in den Jahren nach Paris ein ebenso gefragter DJ wie Bernie. Und als er fest im Sattel saß, brachte Sid ihn sogar dazu, seine Platten aufzulegen: *A Forest* von The Cure oder *This Corrosion* von Sisters of Mercy und *The Killing Moon* von Echo & the Bunnymen erwiesen sich zu Thomsens Überraschung als äußerst tanzbar. Doch obwohl das Publikum die düstermelancholischen Rhythmen liebte, war Thomsen jedes Mal froh, wenn er zu *You're the First, the Last, My Everything* von Barry White oder *Relight My Fire* von Dan Hartman zurückkehren konnte. Dem Extended Play Century-Remix der 12 Inch-Maxi-Dancefloor-Version versteht sich.

Steff ist bis heute Sids Steuerberater. Wenn sie sich einmal im Jahr zur Besprechung seiner Steuererklärung gegenübersitzen, lachen sie darüber, wie vollkommen unterschiedlich sie doch sind. Niko ist ein erfolgreicher Architekt geworden. Geholfen haben ihm auf dem Weg nach oben auch seine Kontakte in die besten Kreise der Stuttgarter Gesellschaft. Und, logisch: Er hatte wie sein älterer Bruder natürlich das entsprechende Attest, um sich vom Wehr- und Zivildienst befreien zu lassen. Hannah hat nach dem Studium im Architekturbüro von Sir Norman Foster angeheuert. Sids Mutter, die über die Trennung ebenso betrübt war wie ihr Sohn, erzählte ihm irgendwann, dass sie das gehört habe. Und es wurde auch berichtet, dass Hannah auf einem schnellen Motorrad London durchquerte. Wie viele London Boys sie vor den Kopf gestoßen hat, ist nicht überliefert.

Claudia hätte Sid einige Jahre nach jener Nacht fast wiedergetroffen. Nachdem er in einem Filmkopierwerk in Neuss die Korrekturkopie seines ersten Kurzfilmes abgenommen hatte, war Sid noch zwei Tage lang durch den Ruhrpott gefahren. Er schoss für ein Fotoprojekt unzählige Bilder der gewaltigen Industrie- und Bergbauanlagen, die ihn bis heute beeindrucken.

Irgendwann stellte er sein Auto in der Innenstadt von Herne ab und betrat eine Telefonzelle. Er zog den zerknüllten Flyer von PicPac hervor, den er als Erinnerung aufgehoben hatte, und betrachtete die darauf abgedruckte Nummer. Dann schlug er das Telefonbuch auf und suchte den Nachnamen seiner Urlaubsbekanntschaft. Es standen mehrere Personen mit ihrem Familiennamen drin, aber keine mit dem Vornamen Claudia.

Sid klappte das Telefonbuch wieder zu und schaute durch die von unzähligen Fingerabdrücken verschmierte Scheibe nach außen. Claudias schöne Gesichtszüge in seiner Erinnerung wurden plötzlich von Hannah überlagert.

Das Wesen, das ihn ins Unglück gestürzt hatte.

Das im Endeffekt aber seine künstlerische Karriere befördert hat.

Ihn dazu gebracht hat, in seinen Bildern, Zeichnungen, Drehbüchern und der Musik, die Sid mittlerweile machte, immer morbidere Szenarien zu entwerfen.

Städte, die in sich zusammenbrechen, während im Vordergrund junge Leute unbeeindruckt feiern.

Melodische Musik, die in infernalischem Lärm untergeht.

Eine unbeschwerte Reise, die im Jenseits endet.

Das war seine Kunst.

Und er mochte sie.

Es passte zu der Stimmung, in der er sich seit Jahren bewegte.

Abends checkte Sid in einer einfachen Pension in Essen ein. Sie lag nicht weit weg von der „Zeche". Kurz zuvor hatte er eine der letzten Karten für ein Konzert von Anne Clark ergattert, die er wenige Tage zuvor bereits in Stuttgart gesehen hatte.

Dort hatte Sid nach dem Konzert wie in Trance das Gustav-Siegle-Haus verlassen und wusste in den Tagen darauf nicht, wie er das Erlebte einordnen sollte. Die Sängerin hatte ihn von der Bühne herab die meiste Zeit über fixiert. Während sie ihren eigenwilligen Sprechgesang zum Besten gab, ließ sie Sid nicht aus den Augen. Doch da war er lediglich in der Mitte der Halle gestanden. Nun, in der Zeche in Essen, stand Sid ganz nah am Bühnenrand.

Während die wie ein startender Düsenjet klingende Anfangsmelodie von *Our Darkness* ertönte, durchlief es Sid abwechselnd heiß und kalt. Als nach etwa einer halben Minute die hämmernden Synthesizertöne einsetzten, waren sie alle nicht mehr zu halten.

Der Saal tobte und die Leute tanzten, während Anne Clark in ihrer typisch stoischen Art hinter dem Mikrofon stand und, als sie ihren Text aufsagte, in aller Ruhe ihre Blicke durch den Saal wandern ließ.

„*Through these city nightmares you'd walk with me. ...*"

„*...You ...*" – damit musste sie *ihn* meinen!

Doch die Blicke der Sängerin gingen das gesamte Konzert über Sid hinweg. Seine Hoffnung, dass sie ihn, nun nur noch wenige Meter von sich entfernt, erneut im Publikum entdecken würde, wurde nicht erfüllt.

... „*You're gone now. ...*"

Als Sid nach seiner Rückkehr in Stuttgart UD von seinen Konzerterlebnissen erzählte, lachte der. Es sei doch bekannt, meinte UD, dass Anne Clark bei jedem ihrer Konzerte ein oder zwei Gäste im Publikum fixiere. Das hatte nichts zu bedeuten. Er klopfte Sid auf die Schulter und kondolierte ihm mit gespielter Anteilnahme zu der Tatsache, dass er entgegen seiner Erwartungen nicht im Backstagebereich gelandet war.

„Du bist zu anfällig für die Blicke der Frauen, Sid", meinte er dann, jetzt mit ernsthafter Miene.

„Du musst das loswerden."

The Look of Love von ABC ging Sid durch den Kopf.

Die Textpassage: *„There's one thing, yes, one thing, that turns this gray sky to blue. ...That's the look, that's the look. ...The look of love."*

Wer möchte nicht, dass sich dieser graue Himmel, der sich permanent über uns ausbreitet, in ein wunderschönes Blau verwandelt?

Was *wollte* UD eigentlich von ihm?!!

UD hatte sich im Übrigen tatsächlich an der Münchner Filmhochschule beworben.

Er hatte das Exposé für einen Kurzfilm verfasst, eine Dialogszene ausgearbeitet und ein aufwendiges Fotoshooting veranstaltet, um die Szene abzulichten.

Natürlich lief alles, wie auch bei jedem späteren Projekt, auf den letzten Drücker.

Und wie bei seinen meisten späteren Projekten ließ er die Diafilme für eine horrende Summe in einem Speziallabor per Express auf Pump entwickeln. Wer für die Kosten aufkommen würde, war für UD nicht wichtig. Was zählte, war allein die Filmkunst.

UD und Sid fotografierten seit langer Zeit auf Diafilm.

Negativ war etwas für Amateure.

Beim Fotografieren auf Negativfilm war es nahezu unmöglich, eine Aufnahme so stark über- oder unterzubelichten, dass man davon nachher keinen vernünftigen Abzug mehr anfertigen konnte.

Beim Fotografieren auf Diafilm hingegen musste man auf eine Drittelblende genau belichten, um das gewünschte Ergebnis zu erhalten.

Für angehende Profis wie sie Ehrensache.

Auch hatte es etwas Magisches, die Diafilme auf dem Leuchttisch auszubreiten.

Das gleißende Licht von unten.

Mit dem Auge an der Lupe jedes Detail begutachten.

Zusammen in dieser fast schon filmischen Atmosphäre eine Auswahl treffen:

Das war vollkommen anders, als Fotoabzüge wie Familienfotos über den Tisch zu reichen.

Das war bereits ganz großes Kino.

Mehrere Wochen nach der Einreichung seiner Bewerbung erhielt UD jedoch eine Absage.

Die Hochschule für Fernsehen und Film in München

teilte ihm in einem Standardschreiben mit, dass man sein Talent schätze, er es aber wegen der vielen Bewerber nicht in die Hauptrunde geschafft hatte.

UD war über die Absage so erbost, dass er in der HFF anrief.

Dort erhielt er vom Sekretariat die Auskunft, dass die Hochschule über die Gründe der Ablehnung grundsätzlich keine Aussagen mache.

Doch UD konnte man so schnell nicht abwimmeln.

Er war so von seinem Talent überzeugt, dass er unbedingt eines der Mitglieder des Auswahlverfahrens zu sprechen verlangte.

Er musste ihm klarmachen, dass ihnen ein gravierender Fehler unterlaufen war.

Doch die Sekretariatsmitarbeiterin verneinte erneut und legte auf.

Nach wahllosem Durchprobieren verschiedener Nebenstellennummern bekam UD schließlich dann doch einen Professor an die Strippe, der am Auswahlverfahren beteiligt gewesen war. Und UD brachte ihn gegen alle Regeln dazu, seine Bewerbungsunterlagen hervorzukramen und ihm zu erklären, woran es gelegen hatte.

Doch im Gegensatz zum immerhin Mut machenden Ablehnungsschreiben, das das Sekretariat verschickt hatte – „Wir wünschen Ihnen für Ihren weiteren beruflichen Weg alles Gute" –, war die Aussage des Professors eher niederschmetternd. Er wies UD darauf hin, dass er in seinen Augen kein geborener Filmregisseur war, kein Talent hatte und sich gefälligst auf ein anderes Metier verlagern sollte.

UD hatte bei seiner Fotogeschichte nämlich einen Fehler begangen, der unverzeihlich war: Während er Totalen und Halbtotalen noch im gängigen Querformat fotografierte, hatte UD die meisten Nah- und Großaufnahmen im Hochformat aufgenommen. Weil so die Personen jeweils einfach besser ins Bild passten. Im Spielfilmbereich, wo das leinwandgreifende Cinemascope-Verfahren die Krönung darstellt, und in einer Zeit, die etwa 35 Jahre vor hochformatigen Handyfilmchen lag, ein absolutes No-Go.

So mussten sie alle auf die eine oder andere Art ihr Lehrgeld bezahlen: Talent, Ambition, Idealismus, Streben und Wohlwollen hin oder her. Aber das war erst der Anfang des großen Schlamassels. Auch wenn sie die ersten Dämpfer mit ihren 20 Jahren bereits für den Weltuntergang hielten: Die echten Herausforderungen sollten ihnen noch bevorstehen. Doch davon dann mehr in den folgenden Büchern.

Stay tuned.